WARASHIBE CHOJA TO NEKO TO HIME
MAMIZU KISHIWAKA PRESENTS
阿武隈さんが
川島総合通商アステロイド事業部の
責任者に――
NAME
阿武隈さん
わらしべ長者と猫と姫 2
～宇宙と地球の交易スキルで
成り上がり!? 社長! 英雄? ……宇宙海賊!?～

NAME
トンボ
NAME
シエラ
実家の近所の神社に
初詣をする事に——。

NAME
姫
NAME
マーズ

シエラが人間の姿に!?

# わらしべ長者と猫と姫

WARASHIBE CHOJA TO
NEKO TO HIME

〜宇宙と地球の交易スキルで
成り上がり!? 社長! 英雄? ……宇宙海賊!?〜

2

岸若まみず [イラスト] TEDDY
MAMIZU KISHIWAKA PRESENTS

口絵・本文イラスト
TEDDY

装丁
AFTERGLOW

WARASHIBE CHOJA TO
NEKO TO HIME

# CONTENTS



MAMIZU KISHIWAKA PRESENTS

# 第一章【計画と姫とプレゼンテーション】

地球で宇宙船を作る。マーズと共に戦闘ロボットのサードアイを組み上げた経験のあった俺は、その言葉の意味を結構軽く考えていたのだが……宇宙から川島《かわしま》家の居間に戻ってきた俺たちの前に、姫が持ち出したロードマップは、思っていた何十倍も壮大なものだった。

「国の後ろ盾を得て宇宙船を作って、小惑星から資源を持ち帰ってまた宇宙船を作る。これを何回かやるつもり」

「えっ⁉　日本政府を巻き込むの？」

姫やマーズという、マジの宇宙人が運営する企業である川島総合通商は、これまではその本質をできる限り秘匿してきた……つもりだ。だが国と組むという事は、多少なりともその部分がバレてしまうという事でもある。大丈夫なんだろうか？　と思いながら姫の顔を窺《うかが》うと、彼女はこちらを見てニコッと笑った。

「こっちの事情を汲《く》んでくれなさそうなら、別に日本じゃなくてもいいよ。トンボの異能と宇宙船《サイコドラゴン》さえあればどこにでも行き放題なんだし」

まぁ、たしかにあの船ならうちの家族ぐらいは乗せられるだろうし、ジャンクヤードがあれば物さえ買い込んでおけば何十年だって逃亡生活はできるだろう。たとえ世界中から指名手配をされたとしても、宇宙まで追いかけてこられるような相手はどこにもいないのだ。

「でも姫さぁ、それってこれまでみたいにこっそりはできないの？　騒ぎになると面倒だよ、部長とかの生活もあるわけだしさ」

マーズがそう言うと、姫は夜空色に塗られたラメ入りの爪を左右に振った。

「リスクなのはわかってるけど、取るべきリスクだと思うんだよね。設計図が手に入るとはいえ、主力戦艦級をこっそり組み立てられるわけないし……だいたいあんたたち少年《ボーイズ》さぁ、ロボット組み上げるのに何日かかったと思ってんの？　作業量はあの比じゃないんだからね」

そう言われるとたしかにそうだ。俺とマーズはサードアイを組み立てるのに、ひと夏をかけたのだ。あんな作業を船一隻分もやっていたら、その間に三十代になってしまうかもしれなかった。

「あ、でも組み立てロボットとかもあるんじゃない……？」

俺がそう言うと、今度はマーズが首を横に振った。

「多分姫が言ってるのはさ……そういうのを使って作るレベルだと、もう隠蔽《いんぺい》はできないって事じゃない？」

「ま、できないって事はないんだけど。はたしてそれでいいのかって話でもあるんだよね」

姫はそう言いながら、こたつの上の菓子籠《かご》に盛られた傘の形のチョコレートを手で弄《もてあそ》んだ。

「姫もここが地元の銀河だったらさぁ、ヴァラクからパトロール艦隊を出してもらえばいいかって思ってたんだけど。遠く離れた修羅人《しゅらびと》の庭ともなると、どーにもできないんだよね……」

独り言のようにそうつぶやきながら、彼女はチョコレートの包装を剥《は》がし、傘の先を俺に向ける。

「ここってさ、トンボの故郷なわけでしょ？　そんでこれからもしばらく、トンボはここに住むつもりなんでしょ？」

「……まぁ、そうだけど」

「ならね、さっさと星ごと宇宙進出させちゃった方がいいと思う」

彼女はそう言って、指先でチョコレートの傘をクルクルと回す。

「ぶっちゃけこんな原始時代みたいな生活続けてると、単純に危ないし。こんな状態で宇宙海賊にでも見つかったら、星ごと奴隷にされちゃうよ？」

「え？　奴隷？」

俺が尋ね返すと、姫はチョコレートの先を一口噛《か》んで、真剣な顔でこう続けた。

「マジな話、海賊と会って戦えないってのはまだしも……逃げられもしないってのは本当にヤバくて、最悪星丸ごと資源として消費されて終わっちゃう可能性があるんだよね。昔はさぁ、そんな話いくらでもあったんだから」

「……あー、まぁ、たしかにね。せめて恒星間航行ぐらいはできるようになった方がいいのかも」

姫の話にマーズもうんうんと頷《うなず》く。え？　地球ってヤバいの？

「たとえばさぁ」

姫はそう言いながら、机の上に置いた桜色のコップに向かって、先の欠けたチョコレートを動かした。

「この星の文化レベルだと、こうやって小惑星が一個近づいてきただけで全滅しかねないわけでしょ？」

たしかに、小惑星の衝突というのはＳＦ物で定番の危機だ。

「地軸の調整もできないから色々問題起こってるし、この間だってあんな蛇一匹も倒せなかったわけでしょ?」

「自衛隊のロボットはすぐやられちゃったもんなぁ……」

「たとえば、次にああいう事が起こったとして。地元を救うためにああいう無茶をするトンボはさぁ、いざって時は家族だけ連れてさっさと逃げられるっていう自信、あるわけ?」

そう言われると、わからなくなってしまう。俺だってつい先日までは、まさか自分がロボットに乗って地元のために戦う日が来るなんて、微塵《みじん》も思っていなかったからだ。

やれる! と思うと意外と人間は動けてしまうものなのだ。地球の危機に、宇宙船を持った自分がどうするのかなんて、自分でもわからない事だ。そう思うとなんだか、自分の持った戦闘ロボや宇宙海賊船《サイコドラゴン》といった力が、急に背中に重くのしかかってきたような気がした。

「だからさ、国を巻き込むわけ。小惑星を引っ張ってきて資源採掘を行う企画を立ち上げて、その一環として宇宙船を組み上げるの。その過程でこの星は色々な事ができるようになる、どう? WIN-WINっしょ?」

「そう言われると、その方がいいのかもね」

「ま、こっそりやるか、きっちりやるか。トンボが決めて。頭はトンボだから」

姫にそう言われ、マーズに見つめられ……俺はさほど迷わずに答えを出した。

「姫のプランでやろう」

地球に危機が迫ってきた時、俺だけ力を持っているなんてのはまっぴらゴメンだ。地球の命運なんてのは、どう考えたって俺の肩には重すぎるものだった。

◆

俺がそんな決断を下してから一週間。周辺地域に甚大な被害を及ぼした玉四《たまよん》ダンジョンの蛇のおかげで、これまでずっと棚上げにされてきた東京近郊のダンジョン周辺地の国有化が発表された。

『政府の強硬な用地取得に対し、地権者団体では集団訴訟の準備が進んでおり……』

「あんないつでっかい魔物が出てくるかわからん土地にでも住んでいたいものなのかな」

「違うっしょ、ああやって補償金を吊り上《つ》《あ》げてんのよ」

コタツの中で三人一緒にテレビを見ながら、姫の作った朝食を食べる。外にどれだけ嵐が吹き荒れようとも、うちの朝のルーティンは全く変わらなかった。

「トンボ、ちゃんと食べなさい。栄養あるんだから」

「ちょっとこれ、食べ慣れない味で……」

「そう？　美味《おい》しいけどな」

俺が二口目を躊躇《ちゅうちょ》しているハッシュドポテトと柿の卵とじも、マーズと姫はバクバクいっている。

まぁ、異国や異世界どころじゃなくて異宙の人たちなわけだから、味覚は違って当然なんだけどね。

『これに対し、近畿《きんき》地方のダンジョン対策の中心人物である大阪府の鬼戸島《きどじま》府知事は厳しいコメントを……』

「地方は東京みたいにごちゃっとせずに閑散としてるんだっけ？」

「行ったことないけど、ダンジョン周りには街がないって習ったなぁ」

地方では、ダンジョン周りの住民の排除なんてずっと前に終わっている事らしい……というか地方はダンジョンの周りには誰も住みたがらないから、ダンジョンを避けるように都市が再構築されている。

県庁所在地も変わりまくり、土地に根付いていた人も流出しまくり。そして人の流れ着く先である都市圏の土地の値段は更に上がり続け、またダンジョン周りの土地に手を入れにくくなるという負のループが起きていた。

そんなこれまで何度も何度も議論されては様々な障害に阻まれてきた都市圏の大病巣に、今回何百人もの被害者を出してようやくメスが入ったのだ。そしてそんな地殻変動真っ只中《まっただなか》の東京で、うちの会社はその余波の一部に振り回されていた。

「え？　バイト募集に大量の応募ですか？」

『そうなんだよねー。なんか東大卒とか京大卒とか、凄《すご》い人がいっぱい応募してきてて困っちゃってさぁ』

「東大⁉　なんで⁉」

『わかんないけどさぁ、こないだの埼玉の蛇の件で外資系がガンガン撤退してるじゃん。そのせいもあるのかな、あとネットで色々言われてるのもあるんじゃない？　あの大蛇倒した謎の高機動ロボットが川島のじゃないかって噂になってるらしいよ～』

「そんな根も葉もない噂で応募してくる人もいるんですね……」

もちろんほんとは根も葉もビームもあるのだが、証拠なんかどこにもないのだ。

「チャットでも回したけど、会社に『あのロボットありますか？』ってめちゃくちゃ人が来てるんだよね。バイトの冒険者組が追っ払ってくれてるけど、そのうち対策必要になると思う」

「あー、やっぱそうですよね。警備員雇うしかないですかねぇ」

「訪ねてきてるのも求人に応募してきてるのも男の子ばっかりだからさ〜、やっぱみんなロボット大好きなんだねぇ」

「ロボット好きなら自衛隊に行った方がいいと思うんですけどね」

俺は採用担当を引き受けてくれている阿武隈《あぶくま》部長に、警備員雇用の相談とバイトの採用は定員で打ち切りにする事を伝えて電話を切った。

「何だって？」

駅前で買ったベビーカステラを肉球でつまみながら、横を歩いていた猫のマーズが俺に聞いた。足元を枯れ葉混じりの冷たいビル風がぴゅうぴゅう吹き抜けていくが、毛皮を着た彼は気にもならないようだ。

「会社にロボットに乗りたいって人がいっぱい来てるんだって」

「トンボみたいな人がいっぱいいるんだ」

「男はみんな特機乗りに憧《あこが》れるものなんだよ」

そんな事を話しながら、俺たちは東京都ダンジョン管理組合本部《ギルド》へと向かっていた。そう、あの事件から一週間が経《た》ち、ついに俺たちと自衛隊との窓口である防衛装備庁の佐原《さはら》さんから呼び出しがかかったのだ。

アリバイが完璧《かんぺき》だったから一週間後になったのか、証拠を固めるのに一週間かかったのかはわからないが、こっちはもうその期間で準備万端だ。拳銃《けんじゅう》弾を防ぐ程度の低出力の力場発生装置《バリア》を入手して身につけているし、片腕はないが戦闘ロボ《サードアイ》はジャンクヤードに収納済み、宇宙船《サイコドラゴン》はステルス状態で宇宙空間に待機中だ。

最悪の手段を取られても、なんとか逃げ出すぐらいの余裕はあるはずだ。と、そう考えながら胸を押さえて深呼吸をする俺を見て、マーズは髭《ひげ》を揺らして笑った。

「そんな緊張しなくてもいいと思うよ。本気ならアパートに踏み込んできてるって」

「無理言うなよ、緊張するに決まってるでしょ」

「大丈夫大丈夫、なるようにしかならないよ。むしろ自衛隊も宇宙開発に一口噛まないかっていう姫のプレゼンで、てんやわんやになるのはあっちの方じゃないかな？」

余裕綽々《よゆうしゃくしゃく》にそう言って、彼は食べ終わったベビーカステラの紙袋を俺のジャンパーのポケットに押し込んだのだった。


結局マーズが言った通り、本部に着いてもいきなり拘束されるような事はなく、俺たちはいつも通りの応接室に通された。いつも通りなんとなく信用できない佐原さんがいて、いつも通り美味《うま》くも不味《まず》くもないコーヒーが供され、いつも通り腹の探り合いのような会話が始まるのかな……と思っていた俺の前で、いきなり鋭角に切り込んだ話が始まったのだった。

「お国元と日本で正式に国交を結べませんか？」

つまり、お前らのバックと話させろという事だ。

「お国元と言われてもねぇ」

「淡路島《あわじしま》の亀が問題ですかな？」

うちの会社は一応表向きには、巨大な亀に支配された淡路島の野良ダンジョンの向こうから来たマーズたちが一般人の俺を社長に担ぎ上げて立てた会社という事になっていた。その亀さえ排除できれば、ダンジョンの向こうの本国と手を組む余地はあるのか？　と聞きたいのだろう。自衛隊も、まさかマーズたちが宇宙の彼方《かなた》から来た遭難者だとは夢にも思ってないだろうな。

「そうじゃなくてね、別にうちはどこかの国のひも付きじゃないって事。社員の異世界人は俺も含めて全員仮帰化してるし、税金も払ってるでしょう」

「そりゃあもちろん、承知してますよ」

全く承知していないのだろうが、佐原さんは一旦《いったん》その話を引っ込めて、もう一回り小さな話を出してきた。

「ではどうでしょう、もし強化外骨格《レイバースーツ》以外の何かもっと大きいものがあればぜひお取引頂きたいのですが」

直取引が駄目なら、あのロボットだけでも売ってくれという事だろう。まあそりゃ、あんなもんがあるなら欲しいよね。あれ一機あるだけで、たいていの都市破壊級には対応できるだろうし。

「今のとこないかなぁ……なんでそんな事を？」

「いえ、これは笑い話として聞いて頂きたいんですがね。世間ではちょっとした噂になっていまして。あの大蛇、埼玉六号を倒した謎のロボットがありましたね、あれが川島さんのとこのロボットじゃないかっていうんですよ」

「そりゃ笑えるね、あんなのあったら真っ先に自衛隊《おたく》に売り込んでるよ」

「ええ、ええ、そうであって頂きたいものです。ああ、これもまた噂なんですが……どうもその噂を真に受けた諸外国の情報機関が、そちらの会社やその社員の近辺を探っているという話がありまして」

これは噂ではなく本当だった。サードアイで出撃したあの日以降、会社のデータベースには幾度となくハッキングが仕掛けられ、姫が各地に放っている昆虫大のドローンが様々な国籍の不審人物の存在を確認していたのだ。うちの実家や会社の社員やアルバイトの家庭の近くには、一応暴徒鎮圧能力を持ったドローンを忍ばせてはあるが……正直頭の痛い問題ではあった。

「そりゃ大変だ。社員たちにはちゃんと戸締まりをするように言っとかなきゃね」

「それだけでは不安に思う社員もおられるのでは？」

「………………」

佐原さんとマーズは腹を探り合うように無言のまま見つめ合い……なんとなく具合が悪くなりそうな緊張感の中で、マーズが先に口を開いた。

「……佐原さんさぁ、はっきり言いなよ。自衛隊はうちにどうしてほしいわけ」

「議員の先生方は色々とお考えでしょうが、自衛隊《うち》としては是非ともお願いしたい事が取り急ぎ二つだけ」

「言ってみなよ」

「一定以上の武器武装類の自衛隊への専売、それと日本に本拠地を置いて頂く事ですな」

そう言い放った佐原さんに対して、マーズは肩をすくめた。

「そりゃあすぐには決められないね……でも、ちょうどよかったかも。実は今日はうちの方からも話があってさ。副社長が話したいって言ってるから、そのついでに交渉してもらえる？」

「ほう、副社長と？」

ここで社長の俺に水を向けないでいてくれるのは、情けないけれども正直ありがたい。俺に振られたって、何一つ話は進まないからだ。

「副社長の話は国にも持っていこうと思ってるんだけど、自衛隊の方も興味ある話なんじゃないかなって思ってさ」

「…………」

マーズが手をしゃくるのに、鞄《かばん》からタブレット端末を取り出して机の上に置いた。そこからネット会議アプリで電話をかけるとワンコールで繋《つな》がり、マーズの肉球のアイコンが表示され、姫の声が部屋に響く。

「副社長、自衛隊の佐原だよ、あとよろしく」

『……初めまして、佐原。川島総合通商副社長のユーリよ』

「これは初めまして。私、防衛装備庁の佐原と申します」

『単刀直入に言うけどさ、日本政府は宇宙に興味はない？　私たち、今度宇宙開発を始めるつもりなの。今なら一枚噛《か》ませてあげるけど』

「……ほう、宇宙。なるほど、どうりで……」

聡《さと》い佐原さんは、宇宙という言葉をすぐに何かと結びつけたようで、胸元から細いＩＣレコーダーを取り出して机の上に置いた。

「では、詳しいお話を聞かせて頂きましょう」

その言葉を待っていたかのように、タブレットに絵入りの資料が表示される。

『じゃあ、今日は概要だけ簡単に』

そう言って始まった話し合いは、外が真っ暗になるまで続いた。

詳しい話は持ち帰りで、とは言いながらも……姫の魔法のような交渉術のおかげで、川島総合通商は社員や家族の密かな保護の密約、そして規模拡張のため、撤退した外資系のロジセンターの跡地購入の約束を得る事になり。逆に川島から自衛隊へは、とりあえずの契約で、ある程度の火や氷を防ぐ程度の能力がある力場《バリア》発生装置の納入が決定した。

そして俺たちは日を改めて、防衛省の官僚や国の宇宙開発関係者を交えた、大プレゼンを行う事になったのだった。

◆

「あれ？　なんだこれ」

そんな大舞台を前にしたある日、それは突然ジャンクヤードの中に現れた。

赤黒い色をした液体を封じ込めた、鈍い光沢のガラス瓶。先細のアンプルのような形のその首元には、読めない文字が金色で刻まれている。まるで児童文学の挿絵から飛び出してきたかのようなそれは、宇宙の品と地球の品が混ざり合うジャンクヤードの中で、なお異彩を放っていた。

「どったの？」

うつ伏せでコタツに寝転んで俺のゲームをやっていたマーズが、こちらに顔も向けずにそう聞く。

「いやなんか、ジャンクヤードに見た事ない種類の物があって……」

「え？　説明に何か書いてない？」

「それがね……『リーヤー作 混合薬』としか出てないんだよ」

俺は瓶を取り出して、街づくりゲームで線路を敷くマーズの隣にポンと置いた。

「なんだろうね？　こんなの見たことないなぁ……一回姫に聞いてみる？」

「そうしようか」

まぁ、わからない事は姫に聞くのが早いか。フンフンと鼻を鳴らしながら瓶を見つめる彼の顔の隣からそのガラス瓶を取り上げ、俺は今や姫の部屋となっている１ＬＤＫの個室のふすまをノックした。

「姫～」

「入っていいよ」

ふすまを開けてモコモコのカーペットが敷かれた部屋に入ると、彼女はヨガの船のポーズをしたまま顔だけをこちらに向けた。

「どうしたの？」

「これがジャンクヤードに入ってたんだけど、何なのかわからなくてさ。一応説明では『リーヤー作 混合薬』って出てるんだけど……」

「薬？　何と交換されてきたかわかる？」

「ちょっと待ってね」

俺は在庫管理に使っているスマホのアプリを起動して、物の数を照らし合わせる。その気になれば直接ハックして確認できるだろうに、彼女はわざわざ立ち上がってきて、俺の後ろから画面を覗《のぞ》き込んだ。

ふわっといい匂いがして、彼女のサラサラの髪が俺の肩の上を砂のように流れていく。最初はこの距離の近さにドギマギしたりもしていたが、もう今ではきっと宇宙ではこんなもんなのだろうという感じになっていた。

「……あー、りんごかぁ」

「果物はわかりにくいんだよなぁ……」

交換されたのはりんご一箱だった。これは正直、価値の判別に困る種類の物だ。ジャンクヤードがおそらくアクセスする者の等価交換を原則としている以上、食品系は価値にブレが出やすいのだ。りんごにしたって、その産地に住む者と、何百キロも離れた遠方に住む者では価値が全く変わってくるからだ。

「とりあえず、解析かけてみよっか。マルチチェッカーでできる範囲だけど……」

「それでいいよ」

俺はジャンクヤードに収納してあった、開拓地用の簡易測定器を姫の部屋の床に置き、その上に瓶を置いた。

「……ん？」

「どったの？」

「いや、気のせいかも……」

一瞬、瓶の中身が煌《きら》めいて見えた気がしたんだけど……まぁ、ラメ的な物が入ってたのかな……？

「じゃあ、かけとくから。多分明日の朝には結果出てると思う」

「うん、よろしく」

しかし、解析機による瓶の解析作業はなぜか遅々として進まず……結局その解析結果が出るのは、プレゼンの後の事になるのだった。

◆

「最近お前ら見かけなかったからよぉ、国にでも捕まったのかと思ってたよ」

自衛隊の窓口との面談や、川島総合通商に殺到してきたバイト希望者への対応、大学の授業への出席などで忙しくしながらも……ようやく時間を見つけ、久々に来ることができた東京第三《とうさん》ダンジョン。その広場の隅で、相変わらずバラクラバを半分つけたまま煙草を吸う気無《きなし》さんは、ニヤニヤと笑いながらそう言った。

「えぇ……？　なんでですか？」

「ここいらでも噂になってたぜ、埼玉の蛇を倒したガン◯ムの出処は川島なんじゃないかってな」

「違いますよぉ……でも、困ってるんですよねー、その噂。なんか会社にも、東大卒とか京大卒みたいな凄《すご》い人たちが、わざわざバイトの枠に応募してきてるらしくて」

「あー、なんかうちの娘も言ってたっけなぁ。電話来すぎてウザいって」

気無さんの娘さんはうちでバイトをしてくれていて、ありがたい事にうちの化粧品のヘビーユーザーでもある。副社長でありインフルエンサーでもある姫の動画にも、時々コメントを寄せてくれているそうだ。

「まぁでも、逮捕だの何だのってのは冗談としてもよぉ。もう必死こいてバイト探さなくていいぐらいにゃあ会社も上り調子みたいだし……もしかしたらもう地下《こっち》には来ないのかもな、とは思ってたよ」

「いやいや、地下での商売は続けますよ……でも正直、最近は大学の単位も危うかったりするんで、僕以外にも行商担当者を雇えればとは思ってるんですけどね……」

まぁ正直、なんだかんだと忙しく、かつ表の商売先が増えた今、ダンジョンでの商売をすっぱりやめるという選択肢も正直あった。でも川島家三人で行った会議で「自分が行く行かないは別にしても、採算が取れる方法がある限りはやめない」という方針に決まったのだ……というか、俺がそう決めた。

気無さんの娘さんの他にも、知り合いの冒険者の身内にうちで働いてくれている人は多い。彼らは俺たちを信用して人を紹介してくれたわけだから、こっちもその信用にきちんと応えたいと思ったのだ。

「トンボが学校に行ってる間に、代わりに地下に来てくれるような人いないかなぁ、給料は弾むんだけどね」

「おいおい、アイテムボックスのスキル持ちなんかそうそういるかよ」

「まぁそこはスキルなしでもなんとかできないかって、いま話し合ってるとこだよ」

マーズの言葉に、気無さんは根本まで吸った煙草を口から離して、思案げに口を尖《とが》らせた。

「……お前らまさか……あるのか？　アイテムボックスの代わりになる機械とか」

「いや、ドローンで配達とかさ。それならダンジョンに来る人は窓口としての役割だけでもいいでしょ？」

「……なーんだ」

　がっかりしたような、安心したような、そんな感じで気無さんは肩を落とした。まぁ実際にはあるんだけど、それが外に出るとえらいことになるからな……誰でも物を隠して持ち歩ける機械なんてものが出回ると、暗殺とかテロとかがやりたい放題になってしまう。

　今でさえスキル保持者を登録制にしろとか、シンプルに人権を制限しろとか、そういう話が色んなところでしょっちゅうぶち上がっているのだ。スキル保持者のおかげで命脈を保っている地方の人たちが猛烈に反対しているのと、ダンジョンが出現した当初の第一世代冒険者が政治家になって、影響力を発揮してくれているから俺も平穏に暮らせているのだが……いつだって世論は結構ギリギリだ。

「まぁ、俺らからしたらどんな方法にせよ、足りないものがいつでも買えるってのは実際ありがたいよ。ドローンは灰皿持ってきちゃくれないだろうから、煙草は吸えなそうだけどな……」

「最近は世の中喫煙者に厳しいですしね」

「全くだよ、家でも外でも煙吸ってるってだけで犯罪者扱いだ。ただでさえ、冒険者ってだけで前科一犯って感じなのによ」

　苦笑いしながらそう言った気無さんの後ろから「調達屋じゃん！」と明るい声がした。うちで取り扱っている強化外骨格《レイバースーツ》に乗り、ギッチョンギッチョンと機械音を立てながら現れたのは、腰に二本の日本刀を差したイケメン、雁木《がんぎ》さんだった。彼は強化外骨格《レイバースーツ》を器用に操って椅子に座る俺に高さを合わせ、耳打ちをするように口に手を添えてこう言った。

「あのさぁ……ニュースで見たあのロボットって、ぶっちゃけいくら？」

「あれはうちとは無関係ですって」

「なんだぁ……」

本気なのか冗談なのか、がっくりと肩を落としながら四百円を差し出した彼に、缶コーヒーと煙草を渡す。たとえ売ってたとしても、値段を聞いて二十億円とか言われたらどうするんだろうか。

「噂だけどさ、あのロボの迷彩ってセンサーを誤魔化すタイプのものじゃなくて、マジで光を屈折させてるらしいよ。フッて消えるとこを肉眼で確認した人がいるんだってさ、凄いよねーっ」

雁木さんは片手でタブを上げながら、鼻息荒く早口でそんな事を言ってくる。一体そういうのって、どこで噂になってるんだろうか……？　気無さんはそんな雁木さんをうんざりしたような顔で見つめながら、親指でちょいちょいと彼の顔を差した。

「こいつさぁ、マジで最近ずーっとあのガン◯ムの話してんだよ」

「違いますって気無さん、ガン◯ムはもっと大きいんですよ」

なんか、うちの会社に毎日電話してきてる人たちっていうのも、雁木さんと同じような感じなのかな。まぁ、俺も自衛隊の特機乗りになりたかった口だから、その気持ちは非常によくわかるけど。

「雁木さん、うちの会社には電話してこないでくださいね」

「え？　電話？　なんで？」

「なんか最近、うちでバイトしたいって人がめちゃくちゃ電話かけてくるんだよ」

「え!?　もしかして、噂の社内ポイント制度であのロボ交換できるとか？」

「できませんって」

そうして散々騒いで仕事に戻っていった雁木さんの後にも、東京第四《とうよん》ダンジョン時代からの常連さんや、東三でリピーターになってくれた人たちが続々と買い物に来てくれた。

「あっ！　調達屋来てんじゃん！」

「どうもご無沙汰《ぶさた》してます」

「何してたのよ最近」

「いや学校とか、色々……」

弁当や飲み物を買うついでに俺が来なかった間の話をしてくれたり、川島ポイントで購入してくれた商品の感想を教えてくれたりもして……俺は「やっぱり商売って面白いな」という気持ちを再確認する事ができた。

そして、お昼の時間が終わってラッシュが落ち着いた頃の事だ……。

「うおっ、また増えてる」

在庫確認のために覗いたジャンクヤードの中には、緩衝材の藁《わら》と一緒に木箱に詰められた、十本の青い薬瓶が増えていたのだった。

「え？　もしかしてまた例のリーヤーさん？」

「そう、今度は青い薬が十本」

「その人、よっぽどりんごが気に入ったんだね」

あの赤い瓶とりんごを交換してからというもの、このリーヤーという人物はこちらと頻繁に交換をしてくるようになったのだ。持っていくのはもっぱらりんご、代わりに置いていくのはほとんど薬ばかりで、しかもどの薬も品名は『リーヤー作　混合薬』だ。正体がわからないから一応全てK

ＥＥＰ設定にしているが……正直こんなに頻繁に送られてきていると、もう珍しいという感じもしなくなってしまっていた。

「こんなに交換されても、姫の解析が終わらないと増えてく一方なんだよなぁ」

「まぁ商売をやってるとそういう事もあるよ、在庫ってのは常に人の頭を悩ませるもんさ」

「そういうもんかなぁ？」

「隈《くま》の姉さんのために仕入れたお菓子だって、全然減ってないでしょ？　交換なら仕方ないけど、仕入れる時はまず売り方から考えなきゃね」

　ごもっともすぎるマーズの言葉に、俺はがっくりとうなだれた。まだまだ、商売の道は険しいな。段ボールの上で楽しそうに弁当を使う冒険者たちを見ながら、俺は大量にあるコストコのお菓子の売り方をぼんやりと考えていたのだった。

◆

　そんな日々を送っていた俺の元に、とうとうプレゼン当日の朝がやってきた。俺は紳士服店で買ってきた吊《つ》るしのスーツを着て、かぶの入った味噌汁《みそしる》をかき混ぜながら、流れているテレビの画面を見るともなしに見ていた。

「ねぇマーズ、今日プレゼンでさぁ……もし宇宙開発事業に不許可が出ちゃったらどうしようか？」

「え？　どうって？　そりゃあよその国でやるしかないんじゃない？」

頭に全く入ってこないニュース番組を見ながら、思わず俺が零《こぼ》した弱音に、猫のマーズはあっけらかんとそう答えた。まぁ、たしかにそうなんだけどね……ただそうなったら、いよいよ大学には行けなくなるなぁと思いながら、なんとなくしょっぱく感じる味噌汁を啜《すす》る。

「八割方大丈夫だと思うけどね。参加者全員にもう根回しはしてあるから」

姫はそんな俺にウインナー入りの茶碗蒸《ちゃわんむ》しを差し出しながら、何でもない事のようにそう言った。

「……え⁉　根回し⁉」

「そりゃ根回しぐらい、するに決まってんじゃん」

「……え？　それって、どうやって？」

そんなコネクションあったっけ？

「まぁ、メールとか電話とかかな？　さすがにこの星レベルのセキュリティだと、誰のどんな弱みも握り放題で楽勝だったけど」

「それってもしかして、根回しっていうか……脅しって言わない？」

「脅してないよ、ちょっと協力をお願いしただけ」

俺は、そんな事を言いながら機嫌良さげにテレビを見る、ポニーテールの彼女の横顔を見つめながら……今日のプレゼンへの不安感を、更に高めたのだった。

結果から先に言えば、プレゼンはなんという事もなく、順調に進行した。俺はでっかい会議室に入ったほどほどの人数の前に立ち、インカムからの姫の指示と、横にいるマーズの手助けを受けながらも、最初はガチガチに緊張していたのだが。動画交じりのスライドを使って事業説明をしていくうち、その緊張はどんどんと溶けて消えていった。

「つまりこの川島式宇宙開拓船というものは、ポピニャニアインダストリーの開発した重力制御技術を根幹に据える事により、環境問題にも配慮した、非常にクリーンな宇宙開発を行えるという事であります……あの、ここまでで何か質問のある方?」

だって、誰もこちらを見てないいんだもん。漫画ならば『シーン……』という擬音が入りそうなぐらい静まり返った会議室で、出席者は全員が机に視線を落としたまま、手を挙げるどころか一度もこちらへ目を向ける事もなかった。

ポピニャニアインダストリーとかいう謎会社の話とか、重力制御とかいう謎技術の話とか、聞きたいことは山盛りだと思うんだけど……姫は一体、どういう形で彼らを脅しつけたんだろうか?

うちの副社長っていうのは、ある意味地球で一番敵に回してはいけない人なのかもしれないな。俺はそんな事を思いながら……一方通行のプレゼンを、きちんと最後までやり切ったのだった。

そんな感じで、プレゼン自体はサラッと終わったわけだが……駅前のハンバーガー屋に寄り、三人分の食事を買って帰ってきた俺とマーズを玄関先で迎えたのは、いつになく真剣な表情の姫だった。

「おかえり」

「……あれ?　なんかあった?」

「トンボがプレゼンでなんか言い忘れたんじゃない?」

そんな事を話しながら、俺とマーズが顔を見合わせると……姫は無言で首を横に振ってから、とにかく中へ入れと顎《あご》をしゃくった。

「ちょうど今、あれの分析結果が出たの」

「あれって、赤い薬の事？」

「そう」

なるほど、ついにりんご大好きリーヤーさんの正体がわかるわけか……楽しみなような、不安なような、そんななんとも言えない気持ちを抱えたまま、俺は締めていたネクタイをグッと緩めたのだった。


「結論から言うと、この薬は宇宙のものでも、この星のものでもない」

姫はそう言いながら、赤い薬瓶をチャポチャポと揺らした。

「え？　それってどういう事？」

「多分だけど、これはトンボたちが異世界って呼んでるところから来たものって事」

彼女がテレビを指差すと、画面が映ってデータが表示される。

「これ見て。解析結果なんだけど、ほとんど何にもわからないって出てるでしょ？」

たしかに、成分と書かれた欄の下には『解析不能』という赤文字がズラッと並んでいる。解析できているものは水やアルコールぐらいのものだ。

「成分どころか瓶の素材すらわかってないでしょ？　あたしたちの宇宙や、きちんとデータを入れてあるこの星から来たものなら、こんなにも何から何までわからないって事はありえないわけ」

「異世界のものかぁ……じゃあ薬の使い道も、異世界人に聞いてみないとわからないんだなぁ」

「それはそうなんだけど、そういう問題じゃなくて……」

姫は右掌で頭を押さえながらそう言い、俺の鼻先に指を突きつけながら言葉を続けた。

「今大事なのは、トンボの異能《スキル》が変化してるって事。これまで繋《つな》がってたうちの銀河だけじゃなくて……異世界っていう、今まで繋がらなかった商圏《マーケット》に繋がってる可能性があるわけ」

たしかに、そう言われればそうだ。俺のスキルはただ遠くの宇宙と繋がってるってだけじゃなく、まだその先があったって事か。

「でも、それってなんでだろ……？　でっかい蛇を倒したからレベルアップして接続先が増えたとかかな？」

「何かを殺したからって、異能《スキル》のレベルが上がるって話も聞いた事ないけどなぁ」

三人分のお茶を淹《い》れてくれていたマーズはそう言ってから、首筋に手を当てて天井を見上げながら首を傾けた。

「あ、でももしかしてだけど……こないだダンジョンから異世界に抜けちゃったから、とかじゃないかな？　それで、あの異世界のマーケットスキルの持ち主とパスが繋がっちゃったとか？」

「ええ……？　じゃあダンジョン抜けて、異世界に行くたびに取引先が増えるかもって事？」

「かもしれないけど、もしそうだとしても検証は難しいよね。トンボの異能って、取引先がリスト表示されるとかってわけじゃないから、増えたってわかんないまんまだよ」

彼は小さな肩をちょっとすくめて、こたつの上の菓子籠《かご》から取った煎餅《せんべい》の袋をパリッと開けた。

たしかに、もし別の異世界から別のポーションが交換されてきたとしても、それを判別するのは正直無理だと思う。

「まーちゃんの言う通りさ、それは今は考えてもしょうがない事だと思う。問題はね、それがいい変化なのか、悪い変化なのかって事」

姫はそう言って、俺に赤い瓶を手渡した。

「え？　いい事なんじゃないの？」

「ジャンクヤードは売る相手を選べないわけっしょ？　トンボ、使い道もわかんない薬いっぱい持っててどうすんの？」

「あ……そっか」

俺は手元にある瓶を見つめながら、固まってしまった。たしかに、俺は今この薬を作っているリーヤー氏に、りんごを持っていかれているだけの状態だ。今のところ異世界からジャンクヤードにアクセスしてきてるのはリーヤー氏以外にいないようだし、銀河側の商人たちだって使い道のわからない薬は交換しないだろう。とはいえ、まさか人体実験をするわけにもいかないしな……。

「たしかに、手放しに『いい変化だ』とは言い切れないかも……」

「りんごぐらいならいいんだけどさ。うちらの銀河からいいもの入ってきた時に、横から持ってかれちゃう可能性もあるわけよ」

「たしかになぁ……」

「あと、薬ぐらいなら最悪死蔵しときゃいいけどさ。変なもん送られてきたら困るっしょ？」

「変なもんって言ってもなぁ……」

ジャンクヤードに交換されてくるものは、俺から見ればだいたい変なものだ。そんな事を考えながら、俺は赤い薬瓶をしまうためにジャンクヤードを開いた。

「えっ⁉」

「何？　なんか入ってた？」

「宝箱だ……」

そう、宝箱だ。開いたジャンクヤードの中にあったのは……いかにもファンタジー系ＲＰＧに出てきそうな、赤と金で彩られた大きな宝箱だった。

「ジャンクヤードに宝箱が入ってる！　ほんとにあったんだ！　こういう宝箱って！」

「トンボくん、変なものっていうのは……そーゆーもの」

一気に少年に立ち戻って騒ぐ俺の胸を、冷静沈着な姫の人差し指がトントンとつついたのだった。

# 第二章【ワクワクと犬とフォネティックコード】

俺のジャンクヤードに、男の夢であるファンタジー宝箱が流れてきたプレゼンの日から、二日が経《た》った。その間に行われたのは、宝箱に罠《わな》が仕掛けられているのを危惧《きぐ》した、姫による腰を据えた非破壊検査だ。それにより中に金属や毒物などが仕込まれていない事が確認できてから、俺はようやく男の子の夢の塊の開封に至ろうとしていた。

「いやぁ、ワクワクするなぁ」

「つってもさぁ、中身はだいたいわかってるわけでしょ?」

「うーん、多分ねぇ、中身の形状的にも書類か何かだと思う」

「ワクワクするなぁ!」

男の子の夢が台無しになりそうな背後の会話は聞き流し、俺はコタツの上に置かれた、一抱えもある宝箱の留め金を外す。ちなみにジャンクヤードによるこの宝箱の説明は『ドタリ作 箱』という身も蓋《ふた》もないものだ。元々あんまり役に立たないジャンクヤードの説明だが、異世界らしきところから送られてくるものに対しては、もうほとんど意味のない機能となっていた。

「いきます!」

そう言って気合を入れ、ドキドキしながら蓋を開けると……宝箱の中には表面に金文字で何かが書かれた、A4用紙ほどの大きさの厚手の紙が入れられていた。

「あ、ほんとに書類だった」

「なんか、夢がないなぁ……」

「何言ってんの、夢より安全でしょ？　中身が爆弾だったりしたらどーすんの」

まぁ、そりゃあそうなんだけどね……とは理解しつつも、もうちょっと夢を見させてくれてもいいじゃないかとも思う。とはいえ、気を取り直して二つ折りにされていたその厚紙を開いてみると、そこには赤紫色のインクで幾何学模様が描かれていた。

「おおっ！　なんか魔法陣みたいなのが描かれてる」

「魔法陣って何？　暗号か何かじゃない？」

「周りに文字も書かれてるねー」

幾何学模様を囲むように書かれている文字、それをよく見ようと紙に顔を近づけると、湿った何かが不意に頬へ触れた。

「へ？」

俺の目の前に現れたそれは、黒くて、穴が二つ空いていて、ヒクヒクと動くもの……幾何学模様の真ん中から突き出したそれは、伸びた口吻《マズル》の先にある、湿った犬の鼻だった。

「うわっ！」

思わず手を離した紙はぱさりと床に落ち……間を置かず、その表面からはスポンと犬の首が飛び出した。

「い……犬っ！　首っ！」

「えっ？　……これって、どういう仕組みだろ」

「トランスポーター装置？」

「違うでしょ！　召喚陣だよ！　召喚陣！」

「トンボそんな、ゲームじゃないんだからさぁ」

俺たちがそんな話をしている間も、その首は細めた目で周りをキョロキョロ見回していたが……

幾何学模様の隙間からニョキッと手が出てきたかと思うと、ふちに手をかけて身体《からだ》を引き出した。

そしてぬうっと出てきたのは、真っ白な犬の毛皮を纏《まと》った人の子供のような骨格の生き物。どうやら俺が犬かと思ったそれは、コボルトもしくはワーウルフであるらしかった。それは糸のような細目でこちらをしげしげと見つめていたかと思うと、子供のような声で言葉を発した。

『Where are we?』

「わっ！　喋《しゃべ》った！　喋った！　異世界語！　異世界語！」

「英語だっつーの！　トンボあんた、学校で何勉強してるわけ？」

どこから出したのだろうか、姫は幾何学模様から出てきた相手に銃のようなものを向けながら、どこまでも冷静にそう言った。

「英語!?　異世界から来た宝箱じゃなかったの!?」

「そんなの姫にだってわかんないっつーの」

『Where is my Alchemist?』

「Alchemist?」

まずいな、このままだと俺の英語能力だと話についていけなくなる……。

「ちょっと待って、いま翻訳アプリ開くから！」

「トンボ、話は姫が翻訳したげるから、一旦《いったん》落ち着いて」

姫は俺のシャツの背中を掴《つか》んでぐいっと自分の方に引き寄せ、相手に何事かを英語で話しかけた。

それを聞いた白い犬は、姫に対して小さい手足で身振り手振りを交えながら答えを返す。

「えーっとね、この人はシエラ。十九番目のシエラ。錬金術師に作られたんだって」

「え!? 錬金術師!? それって……ホムンクルス的な存在って事？」

「ホムンクルス……あー、なるほどね」

更に姫が話しかけると、また身振り手振りを交えて答えが返ってくる。なんかこの犬の人、クールなマーズとは別のベクトルで愛らしい人だな。

「自分は目的があって作られたはずだけど、あなたは何の目的があって自分を目覚めさせたのかって聞いてる」

「目的って？」

「あっちが聞いてんの。何か用か？ ってさ」

あっちから出てきたのに、そんなこと聞かれてもな……。

「あ、もしかして……」

「何？」

「アラジンのランプの魔人みたいな感じで、俺があの紙を開いた事で、そのシエラ？ と召喚契約を結んだって感じになってるのかな？」

俺がそう言うと、姫はまたシエラに話しかけた。あぐらをかくようにして床に座ったシエラは、フンフンと鼻息を漏らしながらそれを聞き、耳をぴこぴこさせながら返事をした。

「この人、自分を呼び出した相手の指示に従うように設計されて、これまでは待機モードだったんだって。そっちは用事があるから自分を目覚めさせたんじゃないのかって聞いてる」

その言葉で、ちょっとだけ場の空気が緩んだ。少なくとも、相手から敵対したいわけじゃないと申告があったわけだからな。俺はしゃがんでシエラと目線を合わせ、その足元にある紙を指差して話す。

「この紙が俺の下にやって来たのは偶然で、あなたが出てくると思って開いたわけじゃないんだ」

偶然と言えば語弊があるかもしれないが、今会ったばかりの相手に自分のスキルの詳細を話すわけにもいかないしな。

「じゃあ自分は何をすればいい？　って」

「えっ？　そりゃあ……好きにすればいいんじゃないの？」

姫がそう伝えると、シエラはちょっと首を捻《ひね》ってからすっくと後ろ足で立ち上がり、俺の下にやって来た。そして俺の周りをぐるぐると回ったかと思うと、おしりのにおいをクンクンと嗅《か》いで、鼻をフンフンと鳴らした。そして俺の太ももを肉球でポンポンと叩《たた》いてから、また何かを話す。

「えっ？　あー……」

「何、なんて言ってるの姫？」

「とりあえず、しばらく面倒見てやるってさ」

「え？　見てくれ、じゃなくて？」

「うん、あっちがトンボの面倒見てくれるんだってさ」

もしかして俺、今の一瞬で格付けされた？　軽くショックを受ける俺をよそに、シエラは尻尾《しっぽ》をぴこぴこと動かしながら、興味深そうに部屋の中を見回していた。今は菓子籠《かご》の中のおかきに鼻を近づけて匂いを嗅いで、何やら興味津々のようだ。

「それ、食べる？」

俺がおかきの袋を開けながらそう尋ねると、シエラは「ギャワッ」と嬉《うれ》しそうな声を上げながらコクコクと頷《うなず》く。これぐらいのコミュニケーションなら、外国語の成績が『可』でもなんとかなるか……。

しかし、面倒見るって、何をしてくれるんだろうか……散歩にでも連れていってくれるのかな……？　そんな事を考えながら、ボリボリとおかきを食べるシエラの隣で首を捻っていると、こっちを見ていたマーズと目が合った。

「あー、まぁ……とりあえずさ、友好的な人でよかったね」

シエラが出てきてからというもの、ずっと後ろに引っ込んでいたマーズは……まるで借りてきた猫のように、なんだかかしこまった感じでそう言った。

「マーズ、どうしたのさ？」

そう聞くと、マーズはぴょこんと突き出た耳の後ろを掻《か》きながら「なんかあの人……」と声を潜めるようにして続けた。

「すんごい喧嘩《けんか》強そうだなって……」

「え？　そうなの？」

「うん」

俺にはモフモフの可愛《かわい》いワンちゃんにしか見えないが……毛の長い者同士でだけわかるものがあ

ったりするのだろうか？　そんな事を考えながら、俺はニコニコとお菓子を食べ続けるシエラを眺めていたのだった。

◆

「これ、毛生え薬」

　ジャンクヤードの中からやって来た、シエラというおそらくコボルト族である白犬。姫謹製の同時翻訳チョーカーを身に着け、こたつの上にちょんと腰掛けた彼女はそう言いながら、毛むくじゃらの手で持った赤い薬瓶を左右に揺らした。

　……そう、彼女。シエラは女性だったのだ。

「とりあえずうちで面倒見るしかないんじゃね？」

　そんな姫の言葉通り、俺のスキルから出てきたコボルトをどこかへ放り出すというわけにもいかず、とりあえずシエラはこの１ＬＤＫで一緒に暮らすという事になった。そのために彼女の帰化申請のために役所に行き、その書類を揃《そろ》えていく過程でようやく性別がわかったわけだ。

　しかしこれは、一目でわかれという方が無理だ。コボルトやワーウルフはデリケートゾーンもしっかり毛が生えているため、見た目ではぶっちゃけわからないからな。そんな彼女は今、こないだからジャンクヤードに増え続けているリーヤー作の混合薬に書かれた文字を翻訳してくれていた。

「毛生え薬、と。それってどういうもの？」

「しらない」

細い目を更に細めて笑いながら、シエラはあっけらかんとそう言った。

一体どういう技術なのか、同時翻訳チョーカーは彼女の周りの音場を自動で調整してくれているようで……シエラの英語での発話は、口元に耳を当てるぐらい近づけないと聞き取る事ができない。

そのおかげで、役所での手続きの間も特に怪しまれるという事もなかったのだった。

「うーん、知らないかぁ」

「ラベルに説明書とかもついてないっぽいしねぇ」

マーズはそう言いながら、目を細めてシエラの手にある瓶のラベルを眺める。

「まぁでも文字の読みがわかるだけでも大きいっしょ。多分もっと文字と読みのサンプルが増えたら解読ソフトも作れるよ」

たしかに姫の言う通り、瓶に書いてある文字を読めるってだけでも恩の字ではある。

「シエラは英語と異世界語が両方わかるんだね」

「異世界語？」

「瓶に書いてある言葉」

「これ、ウールジラ文字」

まぁそうか、異世界語なんて言葉はないよな。

「トンボ、教える？」

「え？」

「ウールジラ文字」

シエラは瓶の文字を爪で指しながらそう言った。

「いや、さすがに異世界語はいいかなぁ……」

「そうそう、トンボは英語の方を教えてもらいな」

たしかに、正直言って試験前には教わりたい。

「あ、そうだ……英語って言えば、シエラはなんで英語が話せるの？」

「錬金術師が刷り込んだから？」

シエラはそう言いながら机にごろりと瓶を放り出し、菓子籠にあった袋から剥《む》き甘栗を何個か取り出して口へと放り込む。

「錬金術師が英語話者だったって事？」

「錬金術師、気づいたらウールジラで赤ちゃんになってた。言葉忘れないように、シエラたちに仕込んだ」

「赤ちゃん⁉　その錬金術師ってどういう人だったの？」

「喋ったことないけど、刷り込みある」

彼女はモフモフの指先の爪でちょいちょいと額をつつくと、ピンと背筋を伸ばしてまっすぐ前を向き、朗々とした声で淀《よど》みなく言葉を紡ぎ始めた。

「……私はイーサン・ムーア、アメリカ人だ。一九二三年六月九日イリノイ州シカゴのワイトウッド生まれ、ホークスのファン。妻の名はドロシー、娘の名はスーザン。今はなぜか見知らぬ子供と入れ替わってウールジラという土地にいる。あなたが親切なアメリカ人ならば、いつか帰ると故郷の妻に伝えてほしい」

そう言い切った彼女はまた背中をふにゃりと曲げて、それ以上は何も語らずに机の上の甘栗をむぐむぐと頬張った。そんなシエラを見ていた姫は、机についた肘《ひじ》の先の拳《こぶし》を自分の側頭部にコンコンと当て、何かを考えているようだ。

「……一九二三年ワイトウッド生まれのイーサン・ムーアは事故で死んでる。それも一九五八年の交通事故で家族全員ね」

どこかのデータベースを閲覧したのだろうか、姫はそう言いながら舌でちろっと上唇を湿らせた。

「この銀河には記憶を残したまま次の人生に行くシステムがあるって事？　でも地球のデータにはそういう実例はないいんだよなぁ」

姫はぶつぶつと独り言を続けているが、たしかにそういうのは創作の中でしか聞いた事がないなぁ。

「ていうかそっちの銀河では、次の人生に記憶とか持っていけたりしないの？」

「記憶を保ったまま次に行くってのは、おとぎ話ぐらいでしか聞いた事ないなぁ。そもそも記憶ってのは肉体である脳に宿ってるものだからね」

髭《ひげ》をしごきながらマーズはそう言うが、正直それぐらいSFの力でどうにかならないのかと思ってしまう。まぁ、ほんとに何でもできるなら、ワープか何かであっちの銀河からここまで迎えの船が来れているんだろうけど……。

「うーん……地球にウールジラなんて地名はないから、転生先は異世界だと思うんだけどなぁ」

「シエラ、そのウールジラってどこ？」

「国！　アールマイの末裔《まつえい》らが建てた都市国家群！」

「都市国家ねぇ……そりゃますます異世界だわ」

「そういえばリーヤーってのはどうなんだろ？　リーヤーもイーサンと同じような立場だったりしないのかな？」

そうだ、毛生え薬をりんごと交換しまくってきているリーヤー氏の事を聞くのを忘れていた。

「シエラシエラ、多分シエラを交換してきた相手だと思うんだけど、リーヤーって知ってる？」

俺がそう尋ねると、シエラは頬張っていた甘栗をむぐむぐと飲み込んでから答えた。

「リーヤー、錬金術師の弟子！　シエラの製造に一部関わってる！」

「なるほど弟子かぁ……会った事はある？」

「ない！」

力強い返答は気持ちがいいが、謎は深まるばかりだ。

とはいえ、今現実的に存在する問題は、リーヤー氏の送ってくる薬瓶が溜《た》まっていく事ぐらい。ジャンクヤードの容量の底はまだまだ見えない。結局、使えないなら使えない、わからないならわからないで、一旦置いておけばいいのだ。

と、いうよりかは……異世界の謎にばかりかまけてもいられない状況が、俺のすぐ目の前に迫っていたのだ。

◆

迷暦二十二年の、冬の初め。

KE-MEX、株式会社代々木メタル、ポピニャニアインダストリー……これらの会社は、社名から事業内容、所有する資産から特許に至るまで、全てを姫がでっち上げたダミー企業だ。そんな幽霊企業たち、そして日本政府までもが手を組み、ふりかけ企業として有名な川島総合通商の社内ベンチャーとして、一大宇宙開拓事業が立ち上がった。

その名も『川島総合通商アステロイド事業部』。いや……もう少し格好良く『川島アステロイド』とでも呼ぼうか。

会社が埼玉に近いロジセンターの跡地へと引っ越しをすると同時に動き出した、宇宙に漂う小惑星から資源を採掘する事を目的としたこの事業部。それは俺のプレゼンから二ヶ月足らずという、凄《すさ》まじい速さで立ち上がったものだった。それに尽力したのは当然単なる大学生である俺ではなく、自衛隊や政府の関係者、そして姫だ。

一体姫は彼らにどういう脅しをかけたのだろうか……立ち上げの最中、この事業に関係する各種手続き、専門性の高い人材集め、そして資材関係の取引先の紹介に至るまで、お国の方々は本当に全面協力で進めてくれていた。グングン進んでいく準備の中でこっち側がした事といえば、責任者を立てて書類を片付けた事ぐらい。

その責任者も、社長である俺が兼任……とはならず。川島総合通商の部長職だった元冒険者のお姉さん、阿武隈《あぶくま》さんが就任してくれたのだった。

『まぁでも、クマさんが部長引き受けてくれてよかったね』

『じゃなきゃほんとに俺の予定だった？』

『トンボはどう考えても向いてないから、どっか外様から連れてきてたかな』

日光と暖房で暖められた教室で午後の大学の授業を受けながら、俺は机の上に置いたスマホのメッセージアプリで姫とそんなやり取りをしていた。

俺がここでのんびり授業を受けていられるのも、阿武隈さんのおかげだ。アステロイドの仕事も重なっていたら、どう時間をやりくりしても大学には通えなかっただろう。しかし、最初渋られるかと思っていた阿武隈さんが、責任者への就任を快諾してくれたのはちょっと意外だったな。

「ブレーンは付くし、給料も上げてくれるんでしょ？　会社が大きくなる時のこういうチャンスに乗っとかないと、後で困りそうだしね」

なんて事を言っていたが、やはり元冒険者の人はしっかりプランを持っているなという感じがしたものだ。というか、俺はそういう元冒険者の人たちが勤めてる会社の社長なんだから、もっともっとしっかりしないといけないんだよな。

そういえば、元冒険者といえば……川島アステロイドの設立にあたって、とある人物が川島総合通商に接触してきていた。その人物は、俺がダンジョンに入って商売を始めた時、一番最初の常連になってくれた人だ。

「トンボ君、宇宙開発事業やるって聞いたんだけどさ。それ俺も入れてくんない？　ダメ？」

なんて事を、地下で店を広げていた俺たちに軽い調子で言ってきたのは……二本差しのイケメン侍冒険者である雁木《がんぎ》さんだった。

「え？　なんでですか？」

「だって宇宙だよ宇宙！　俺やっぱ宇宙とかさ、メカとかさ、好きなんだよね。小惑星《アステロイド》をキャッチしに行くんでしょ？　めちゃくちゃワクワクするじゃん」

パワードスーツを着込んだ彼は拳をグッと握り締めながらそう語る。

「え？　誰から聞いたんですか……？　その話」

「普通に川島に勤めてる友達だけど？　……ポピニャニアっていう異世界系企業と組むんでしょ？」

「守秘義務がぁ……」

「コンプラ研修やらなきゃだね」

マーズはそんな事を言いながら、頭を抱える俺の足を肉球でポンポンと叩《たた》いた。

「あっ……ごめん、俺が根掘り葉掘り聞いちゃったから……」

雁木さんはパワードスーツの手をギッチョンと顔の前で合わせて、ペコリと頭を下げる。

「そんでさぁ、どうかな？　ほら俺高卒だからさぁ、そういう会社にはどうしても縁がなくて……なんとかなんないかな？　子どもの頃からの夢だったんだよ。頼む！　このとーり！」

「いやいやいや……雁木さんなら絶対冒険者やってた方が儲《もう》かりますよ？」

川島総合通商の平社員の給料なんか、どう頑張っても三十万ぐらいだ。それに引き換えうちのパワードスーツを買えるぐらいの冒険者というのは、そりゃあもう想像もできないぐらいに稼ぐものだ。

「そんなんいくら稼いだって、宇宙に行けるわけでもないじゃん」

「うちだって宇宙に行けるわけじゃないですよ」

「それでも一般企業よりはよっぽど宇宙に近いわけでしょ、お願いお願いお願い！」

「トンボ、別に定員があるわけでもないし、阿武隈の姉さんに紹介したげたら？」

うんざりしたようにこちらを見上げるマーズの視線に折れたというわけでも、泣き落としに応じたというわけでもないつもりだが、俺は雁木さんに一つ条件をつけて紹介を承諾した。

「もし入社する事になったら、今のパーティを抜けるのに遺恨がないようにしてくださいね」

「もちろんもちろん、そこは大丈夫」

軽い調子でそう言った彼だが、結果として雁木さんの入社に際してパーティは無事に穏便解散。

それどころか、どう説得したのだろうか……雁木さんはそのハーレムパーティのメンバーの三人を、川島総合通商に紹介してくれたのだった。

あれってもしかして、元々解散話が持ち上がってたのかなぁ。なんて事を考えながら、俺はピコピコと姫からのメッセージが入り続けるスマホの画面を消した。そして周りの学生のおしゃべりと、ガンガンにかけられた暖房が運んでくる眠気と戦いながら、全然理解できないマクロ経済の講義に耳を傾けたのだった。

日暮れが早い冬の空が真っ暗になるまで続いた授業を受け終え校舎を出ると、夕闇の中から「おーい！」と誰かから声をかけられた。なんとなく聞き覚えのある、その声の方に顔を向けると……芝生の前、枯れ葉を散らす木の下に設置されたベンチに、ここ最近ですっかり見慣れた白狼が足をブラブラさせながら座っていた。

「あれっ、シエラ」

「待ってたぞ、トンボ」

彼女は菓子パンの空袋のようなものを持った、小さくてモフモフな手をピコピコと動かしながらそう言ったのだが……一体いつから待っていたのだろうか、頭に枯れ葉が何枚か乗ってしまっていた。

「こんなとこまでどうしたの？」

「心配だから、迎えに来てやった」

ムフーと鼻息を鳴らしながらそう言った彼女は、近くまでやって来た俺に菓子パンの袋を手渡し、ピョンとベンチから立ち上がった。

「場所は誰に聞いたの？」

「ヒメ！　中入っちゃダメって言われたから、ここで待ってた！」

偉いか？　とでも言うように、尻尾《しっぽ》を振って首をかしげるシエラの頭を撫《な》でながら、ついた葉っぱを取ってやる。

「日が落ちたら外にいるのは危ない。こんな時間まで外いるなら、ランタン買え」

彼女は小さな指を立てながらそう力説するが、まぁ異世界の感覚だとそうなのかな？

「街灯があるからランタンはいらないよ」

「消えたらどーする」

そんな時は大学も休みだと思うけど。

「あ……もしかしてシエラ、毎日来るつもり？」

「トンボが毎日行くなら、シエラも迎えに来る」

「明日は昼までだから、迎えに来なくていいよ」

「じゃあ昼に来る」

あくまでシエラは俺の面倒を見てくれるつもりのようだ。でもこのまま毎日来られると、大学で噂になっちゃいそうだな……。

「シエラ、この町は大丈夫、安全なんだよ」

「トンボの用心、不用心。大丈夫、シエラ強い」

彼女は俺の尻《しり》を小さな手でポンポン叩きながら、なんだか機嫌が良さそうにそう言う。まぁ、彼女もまだこっちに来たばっかりだしな……おいおい慣れてもらう事にしようか。

「トンボ腹減らないか？　シエラは何か食べてもいいぞ」

「帰ったら姫がご飯作ってるよ」

「ヒメの飯も食う！　トンボ金貨持ってるか？　シエラがパン買える場所教えてやる」

「金貨ってもしかして、五百円玉の事？」

よく見れば、彼女は首から小さな巾着《きんちゃく》袋を下げているようだ。待ってる間にもパンを食べてたみたいだし、姫にお小遣いでも貰《もら》ったのかな？

「甘いパンだぞ！　ふわふわだぞ！」

「……一個だけだよ」

結局俺は抵抗もむなしく、フンフンと鼻を鳴らすシエラにズボンの裾《すそ》を引かれ……夕闇の中に温かな光を放つコンビニエンスストアへと、連れていかれてしまったのだった。

◆

宇宙船の製造、維持管理、更には宇宙からの資源採掘。そんな非常に専門性の高いタスクを求められるのが、アステロイド事業部だ。しかしその計画に付随して、旧来の川島総合通商側でも、請け負っていかなければならない業務があった。

とはいえ、何も特別な仕事を新しく始めるというわけではない。戦闘ロボであるサードアイを作った時と同じ事をやるだけ……そう、魔物素材の買い取りだ。

発端は、宇宙開発計画を考え始めてからしばらく経《た》った頃、関係者へのプレゼン前の時期の事だった。マッタリとしていた夜のリビングで、バランスボールにお腹をつけてゆらゆら揺れていた姫が、思案顔でこう言ったのだ。

「あー……どうしても今市場に出回ってる素材だけで作るとなると、強度とサイズに不安が出るなぁ……これやっぱ駄目かも」

「え？　何の話？」

「資源採集用の宇宙船の設計の話。パテントもとっくに切れてる、枯れに枯れた技術の宇宙船だけど……それでも地球でありふれたような素材じゃ過不足なく作るには厳しいの」

彼女はそう言いながら、テレビに宇宙船の設計図を表示した。そんなもの、俺が見たって何がわかるというものでもなかったが……とにかく船の外装部分が赤く表示されている事だけは理解できた。姫は多分あの部分の素材の事を言っているのだろう。

「やっぱ魔物系の鉄鋼素材を使うしかないかな……」

「あー、あれ？　新幹線に使われるかもって言われてる、魔鋼ってやつ？」

「そうそう、強度的にも重量的にも、それならいけると思うんだけどねぇ……」

姫はボールの上でゆらゆら揺れながら、自らのミルクティー色の毛先をいじる。

「問題は、トンボが言った新幹線の計画に魔鋼が持ってかれてるって事。市場に全然素材がなくて、かき集めても宇宙船一隻分なんてとてもとても……」

「それってサードアイの時みたいに、魔石《マグラガント》を変換して作るんじゃいけないの？」

「技術的にはできるけど、今度の件はうちだけで作るわけじゃないからそれじゃ駄目。魔石の関連技術はまだ外に出せないから」

「海外とかには在庫ないの？」

小さな舌でソーダのアイスを舐《な》めていたマーズがそう言うと、姫はバランスボールの上で器用に寝返りをうって、天井に向けた指をぐるぐると回した。

「魔鋼材の研究っていうのは日本が一番進んでるわけ。むしろ日本は輸出してる側なの」

「なるほどねー」

「じゃあそれってさ、うちが注文して作ってもらうってのは駄目なの？」

「そこも問題で、魔鋼に使う魔物素材っていうのもあんまり他で使わない物で、現状ではもう素材から不足しちゃってるわけ」

姫はそう言って、反動をつけてバランスボールから立ち上がり、こたつに入った。

「でさ、ひとつ考えてる事があるんだけど……」

「うん」

「何？　改まって」

マーズがそう言うと。姫はちょっとだけ気まずそうな感じで口を開いた。

「今うちでは魔石を買い取ってるけど、それに加えて魔物素材を買い取りしようと思うんだけど、どう？」

「それって魔鋼材を作るためって事だよね？　もちろんいいよ」

「でもそれって……半分ぐらい趣味だったトンボの戦闘ロボ《サードアイ》と違って、結構急がなきゃいけないんじゃないの？」

「そうなんだよね。だから一応腹案は考えてあるよ」

まぁ姫も、買い取り窓口である俺たちの負担を増やすのはどうかなと思ってくれたのだろう。そんな姫の考えてくれた腹案というのは、俺たちの負担を軽減するどころか丸ごとなくしてしまうような、とんでもないものだったわけだが……その分準備には結構な時間がかかってしまい、魔物素材買い取りの再開は、結局アステロイド事業部の立ち上げの後にずれ込んでしまったのだった。

とはいえ買い取り体制が整ったというのも、それは川島総合通商《うち》側の話でしかない。

「買い取ります」

「はいどうぞ」

……とはいかないのが、魔物素材の買い取り。魔物を倒せばだいたい手に入るという、市場への供給量が多い素材である魔石を買い取った時ですら、そりゃあけっこう散々な苦労をしたものだ。

その上、今度買い取る予定の素材は、どの魔物からでも手に入るという種類のものではない。ちゃんと対象の魔物を狙って、その部位を残して狩ってもらわなければならないのだ。社会的信用のある大企業ならば、冒険者に対してそういう依頼を出せば割と集まるものだろうが……うちは新興の企業でそこらへんがイマイチ弱い。

なので差別化のために、うちにしかない特別なアイテムと交換できる、川島ポイントという制度を作ってきたわけだが。今回我が社は更なる差別化を図るため、川島ポイントを、そしてそれに付随するサービスを、ますます使いやすく進化させたのだった。

日が照らないのに風がびゅうびゅうと吹き抜ける、めちゃくちゃに寒い冬の東京第四ダンジョンの地下広場。俺は社名入りのボア付きフライトジャケットを着込んで店を開き、買い物にやってきた冒険者の皆様に、運用開始をしたばかりのそのサービスの売り込みをしていた。

「あぁ？　アプリ？　しかもドローンで宅配？　お前らあれマジでやる気だったのかよ」

そう、進化したサービスとは、これまでサイト経由で動いていた川島ポイントのアプリ化だ。それに付随して、いつか常連の気無《きなし》さんに話した事もあった、日用品や食料品などのドローン配達サービスも始まった。そして、それができるなら逆もできるという事で、ダンジョンで狩れた魔物素材などの、ドローン買い取りサービスも同時に動き始めたのだった。

「そうなんですよ！　ドローン関係のサービスはアプリ経由で使えるようになってます！」

「あー……ちなみに、その宅配とかって送料無料？」

被《かぶ》っているバラクラバを半分ずらした気無さんは、咥《くわ》えタバコで耳をほじくりながらそう尋ねる。

そんな彼に、俺は笑顔でタブレットに表示したアプリの説明文を指差した。

「買い取りの方は無料ですけど、宅配のサービス利用は一律二十五ポイントです」

「あぁ……ただでさえ足りない川島ポイントの使い道がまた増えるのか……」

そうこぼして、気無さんの隣で肩を落としたのは、かっちりとプレートキャリアをつけた眼鏡《めがね》の吉田《よしだ》さんだ。彼もうちの常連で、奥さんをうちのアルバイトとして紹介してくれていた。

だが噂によると奥さんの稼いだポイントは、ほとんど化粧品や家庭用の便利グッズに消えてしまっているらしい。俺はそういう家庭の事情には踏み込めないが、今回の事はポイントの稼ぎ方も増える話でもあるから、許してもらいたいものだ。

「一応ですね、今買い取りをかけてる素材はこんな感じで……」

買取表を表示したタブレットを向けると、二人はそれを俺の手から取り、スワイプして確認し始めた。表を見つめる二人の顔はかなり真剣だ。

「今回は魔石じゃないのかぁ」

「これ結構厳しいんじゃないのか……？」

「その分、交換して頂ける商品も色々追加してますので……あ、良かったらそっちの買い取り・配送サービスのタブも見て頂ければ……」

まぁ、前回も冒険者の方々が素材を売ってくれるようになるまでは、しばらくかかったものだ。あの頃もこうやって常連さんに勧誘をかけて、だんだん口コミで広がっていったんだよな。

しかし、この店を開いた頃からの常連だった阿武隈《あぶくま》さんも雁木《がんぎ》さんもパーティごとうちの会社《こちら》に来てしまって、こうして俺が気軽に話かけられる相手もだいぶ少なくなった。それこそ、東三時代からの常連というのはこの二人のパーティと、あと何組かだけ。

とはいえ、冒険者というのは入れ替わりが激しいもの……引退するパーティもあれば、新しくやってくるパーティもいるのだ。なんなら、うちの店にも新人が一人増えていた。

「トンボ、腹減らないか？」

「シエラ、ちょっと待っててね」

そう、今日はいつも通りの俺とマーズに加えて、シエラも地下へとついて来ていた。最初彼女がついて来ると言い出した時、俺は「安全が確保できない」とそれを断った。俺とマーズはバリアで守られているから、不安なく地下へと来られているのだ。彼女もバリアに入れられればいいが、さすがに俺も二人を背負うというわけにもいかない。

しかしシエラは「全然大丈夫」と言って聞かず、困ってしまったわけだが……そんなやり取りを見ていたマーズが「シエラは強いから大丈夫だよ」と太鼓判を押したので、冒険者登録をして俺たちの前には出ないように言い含め、お試しで連れてきたのだ。しかしながら、結果的にはマーズの言葉が全面的に正しかった事になる。

「ていうかさっきから気になってたんだけど……そっちのコボルトはどうしたんだよ？　会社の新人か？」

「そんなもんです、シエラといいます」

「まぁ、トンボの護衛みたいなもんだよ」

そうなのだ、シエラは本当に護衛として雇われてもおかしくないぐらい強かった。彼女はこの広場に来るまでに遭遇した小さい魔物たちを、ごっつい長柄ハンマーを小枝のように振り回して鎧《がい》袖一触《しゅういっしょく》に蹴散《けち》らしてきたのだ。やはりホムンクルスとして生まれたシエラは、普通のコボルトとは身体《からだ》の作りが違うのだろうか？

「シエラ、トンボの面倒見てる」

「おい、こんな事言われてんぞ」

シエラの言葉はある意味その通りなのだが、やはり知り合いの前で言われてしまうと、恥ずかしいところがあるものだ。俺は彼女にポップコーンの袋を与え、とりあえず口を塞《ふさ》いでおいた。

「いやー、その……あんまり気にしないでもらえると……」

「まぁ、別に何だっていいんだけどよ……」

気無さんは尖《とが》らせた口で煙草を吸い込んで、ポリポリと顎《あご》を掻《か》いた。そして片手でタブレットを操作しながら、反対側の手で灰皿に灰を落とした。

「とりあえず、ざっと見たけどよ。やっぱ素材の種類が難しいな、これはなかなか何かのついでに狩れるってもんじゃないぞ」

「新しい商品も、ドローン買い取りとか配達も魅力的だけど……魔物とパーティの相性ってのもあるからなぁ」

と、そんな事を言っていた口から煙を吐き出してから、気無さんは俺にタブレットを返した。

「……まぁでも、うちは多分ある程度ポイントを稼ぐまで納品する事にはなると思う」

「まぁね、うちも一日ぐらいは狩りする事になるだろうなぁ。これちょっとズルいよな」

二人は苦笑しながらそう言った。

「ありがとうございます！」

「だってドローン宅配ってこれ、どう考えても冒険者の命綱代わりになるような制度だろ。これまでの便利アイテムとはちょっと性質が違うよな？」

「そうだよなぁ、いざって時に支援物資が受け取れて、危険な状況だったら管理組合に通報までしてくれるんだろ？　配達というより救援の色が強い気がする」

「いや、最初はほんとにこの店の出張版って感じで考えてたんですけど……社内で色んな人に意見を貰ううちに、そういう部分も盛り込みまして……」

まぁ、色々と集めた意見を纏《まと》めて、サービスとして詰めたのは当然俺というわけじゃあない。それをしてくれたのは阿武隈さんの代わりに部長職になった、元恵比寿針鼠《えびすはりねずみ》のリーダーだった飯田《いいだ》さんだ。俺はただただそれを見ていただけで、やはり冒険者パーティのリーダーというのはしっかりしているなと感心していたのだった。

「まぁこのサービス内容なら、みんながある程度ポイントを貯め終わるまでは素材は集まり続けると思う。うちももうちっと貯めときたいしな」

「うちは人数分エアコン集まってないから、もっとだなぁ……」

気無さんと吉田さんの意見は、概ね社内の元冒険者たちから聞き取ったものと似通っていた。

「まぁ、そのアプリだっけ？　一応顔見知りにも言っとくわ。こういうのは言わなきゃ言わないで差し障りがあるしな」

「うちもそうするけど、紹介でポイントがついたりしないのか？」

「すいませんそういうのは……でも、ありがとうございます！」

「まぁでも、調達屋もだんだん社長らしくなってきたじゃんか」

「前の時はひどかったもんな、俺はてっきりなんかの詐欺だと……」

「いやほんと、あの時はすいませんでした……」

そんな東四の頃からお世話になり通しのお二人に、深々と頭を下げた俺のズボンの裾《すそ》を誰かが引いた。下げたままの頭でそちらを見ると……俺の真似をしてちょこんと頭を下げたシエラが、ポップコーンの空袋を差し出していたのだった。

◆

　そんなこんなでほうぼうを駆け回り、ようやく川島ポイントアプリが浸透し、買い取りシステムが少しずつ回りだした頃。川島家の中でも、一つ大きな事件があった。それは空気が澄んでよく星の見える、真冬の満月の晩の事だった。

「うどん上がるよー、ざる取ってー」

「シエラが取るぞっ」

「あれ？　トンボは？」

「うんち」

　そんな会話を聞きながら用を足していた俺は、事を終えてから何の気なしにトイレの扉を開いた。

そしてトイレから首を出したところで……流しの上に設置された棚に背伸びをしながら手を伸ばす、白い髪の女の子の背中を見たのだった。

「あれっ？」

　俺は一度トイレの扉を閉め、もう一度開けた。そしてもう一度首を出すと、そこには姫にざるを差し出す、いつもの毛むくじゃらの犬のシエラがいた。

「俺、なんか……疲れてんのかな？」

　そんな事をぼやきながら居間に戻ると、長い髪を三つ編みにした姫がざるにうどんをあげながら心配そうにこちらを向く。

「どったの、トンボ」

「いや、なんか一瞬シエラが人間の女の子に見えた気がして……」

「なにそれ」

「いやー、なんだろうね……」

こんな事言わなくても良かったかなと思いながら頭を掻いていると、部屋着のスウェットの腋《わき》の部分をちょいちょいと引かれた。

「トンボ」

「え？　何シエラ？」

「それ、これか？」

ガッチャンと、鍋《なべ》がシンクに落ちる音がした。俺だって、きっと何かを手に持っていたら落としていただろう。なぜならば、俺の服を引っ張ったシエラが……白髪の、人間の女の子の姿になっていたからだ。

「……おわーっ‼」

「あんた……シエラ？　っつーか服服！　服着なきゃ！」

「えっ⁉　トンボそれ誰⁉」

「トンボ、どうした？」

そしてその女の子は、バッチリ全裸だったのだ……。

ひとしきり騒いだ後、俺たちはこたつに集合していた。シエラらしき女の子には、とりあえず姫のジャージが着せられている。小学生ぐらいの体躯《たいく》であどけない顔つきの女の子は、ダボッとしたジャージの裾をたぐって手を出そうとしているようだ。

「君は……シエラでいいのかな？」

「そうだぞ」

「シエラあんた、なんでいきなり人間になっちゃったわけ？」

「ざる、届かなかった」

「もしかして満月だから？　狼男だったとか？」

「それならさぁ、狼から女になってるわけだから女狼って事になるんじゃない？」

そんなどうでもいいような事を三人で話していると、ジャージの裾から手を出したシエラは満足そうに目を細めた。

「シエラたちは潜入工作用に作られたから、潜入先に応じて変形《トランスフォーム》できるようになってるんだぞ」

「えっ、変形？　じゃあそれ以外の姿にもなれるの？」

「んーん、ヴォラムとカドルだけ」

「ヴォラムとカドルって……今の姿はどっち？」

「カドル」

シエラはそう言って、まるで魔法のように毛むくじゃらの身体に戻った。

「こっちがヴォラム」

「シエラあんた、どっちが本体なわけ？」

「本体って、何？」

姫のジャージを着た真っ白なコボルトのシエラは、こてんと首を傾げた。いつでも変われるから、どっちが本体とかはないって事なのかな？

「シエラはどっちの身体の方が好き？」

「こっち」

いつもの細目でそういう彼女に、俺はなんだか安心していた。俺の中では、シエラは完全に白いコボルトのシエラだったからだ。

「ていうか潜入工作用ってさ、錬金術師のイーサンとリーヤーは、一体シエラたちに何をさせようとしてたわけ？」

マーズがそう聞くが、シエラは舌を出して首を傾げるだけだ。

「知らない、そういう事は刷り込まれてない」

「逆に何を刷り込まれてるんだろ？」

「地理とか、言葉とか、武器の使い方とか、道具の使い方とか……あとねー……命令《オーダー》」

シエラは顎の下を掻きながら、俺の方を見た。

「命令《オーダー》って？」

「シエラ呼び出した人、守る」

まるで一番強い刷り込みだと言わんばかりに、満足げにそう言って、シエラはムフーと鼻を鳴らした。

「結局、そこら辺に関しては何もわからないままか……」

「まぁでも、意外と好戦的な作りだったって事はわかったわ。とりあえずシエラ、あんた人間になる時は服着なさい。服は買ってあげるから」

「いらない」

「いやいやいや、服は着てくれなきゃ困るよ」

「そうそう、トンボが逮捕されちゃうよ」

「逮捕、困るな」

逮捕されると困るのはわかるのか。まぁ、外で人間にならなきゃ服もいらないかもしれないな。

「とりあえずさ、外でいきなり変身とかしないでよ、お願いだから」

「寒いから、カドルならない」

「あったかくなっても、変身ナシでお願いします」

俺はシエラに、深々と頭を下げた。よく考えれば、裸じゃなくたって大学生が子どもを連れ回してる時点でたいがいアウトなのだ。彼女が気まぐれで変身をすれば、それすなわち俺の身の終わりだった。

結局俺に「約束するなら美味《おい》しいものを食べさせてあげる」と言われたシエラは……生まれて初めての宅配ピザを口いっぱいに頬張り、口の周りを真っ赤にしながら二つ返事で約束を交わしたのだった。

◆

そんなシエラの戸籍を変獣人《ライカンスロープ》として取り直したりしているうちに、気づけば迷暦二十二年もそろそろ終わりが見えかけてきていた。

姫の見立てで買ってもらった、かっこいいけどちょい薄いコートの裾を押さえて震える俺を他所に、毛皮のあるマーズとシエラは寒い寒いと言いつつ割と平気なようだ。もちろん、寒くてつらいというばかりじゃあない。秋からこっち、自分の誕生日を忘れるぐらいに忙しく走り回っていた甲斐《かい》があってか、ドローン関係のシステムは無事に動き始めているらしい。

とはいえ配達の方は結構利用されているようだが、買い取りの依頼はまだまだ。まぁ配達ドローンで便利さが広まればポイントの価値も上がり、買い取り依頼も増えていくはずだ。と、そんな感じで宇宙開拓事業が一段落ついたところで、俺たちはようやくあちらの方にも手をつけだした。

そう、リーヤーの薬だ。

「トンボ、捕まえた」

「おお、ありがとう！　したら剃刀《かみそり》で毛を剃《そ》ってと……」

東京第三ダンジョンの中、始めてやって来た大広場《Aベース》の先で、俺はシエラが捕まえてきた兎ぐらいデカい鼠の魔物の毛を剃っていた。理由は単純、毛生え薬の効果を試すためだ。他にも色々薬は交換されて来ているが、多分一番効果がわかりやすいのが毛生え薬だった。

「えーっと、取り扱い説明書によると、塗って使うんだっけ。伸ばすなら効果はすぐで、生やすなら日を改めて何度も塗る……と」

この取扱説明書は、錬金術師のリーヤー直筆のものだ。これを手に入れるために、俺は姫が実家の能力者に対してやったのと同じ事をやったわけだ。シエラに手紙を書いてもらい、俺はそれをコピーしてりんごに貼り付けまくった。

いつだって、こういうアナログなやり方は効果抜群、リーヤーからの返事は、数日のうちにやっ

て来た。そして俺たちはそのやり取りの中で、りんごが大好きな彼にシードルを交換に出すのと引き換えに、薬の説明書を手に入れたのだった。とはいえ他の事は聞いても答えてくれず、異世界の謎は結構残ったままなのだが……まぁ一生行く事のない世界の謎が解けたところで、という感じもあるしな。

「まずは育毛部分の検証だね……」

「はいスポイト」

「ありがと、とりあえず背中にちょんちょんと……」

まずは鼠の背中に薬液を垂らして、しばらく待つ。

「効果あるかな」

「あってもなくても今のとこ捌《さば》く先はないわけでしょ？　あんま意味ないと思うんだよなぁ」

あんまり乗り気じゃないマーズはそう言うが、俺は結構この異世界ポーション類の効果に興味がある。単純に、ゲームのアイテムっぽくてワクワクするからだけど。

「まぁ効果あったら説明書付きで宇宙に流せばいいって、姫も言ってたじゃん」

「まぁねぇ。うちの銀河の方の交換も、同じようなものとか、うちじゃ扱えないような物がグルグル回るだけになっちゃったからなぁ。やっぱり交換する商品に指向性を持たせられないと、それだけでどうこうってのは難しいよね」

マーズの言う通り、運任せの交換ではなかなか当たりはこないものだ。というか大体のものは姫が作ってくれるようになったから、当たりのハードルが上がってしまったのかもしれない。最初の頃は清潔ボールひとつ手に入れただけで大騒ぎしてたのにな。

「あれ、これもう毛伸びてない？」

マーズに言われて鼠の背中を見るが、毛が生えているようにも、濡《ぬ》れて色が変わっているようにも見える。

「伸びてるかなぁ？」

「拭《ぬぐ》ってみたらわかるんじゃない？」

ジャンクヤードから取り出したキッチンペーパーで毛生え薬を拭ってみると、なるほどたしかにうっすらと毛が伸びているようだった。

「おおっ！　成功！　これって凄《すご》いんじゃない？」

「たしかに凄いけどさぁ、これぐらいの増毛剤なら地球でもあるんじゃない？」

「ないない」

魔物の素材を使っての製薬はそこそこ研究が進んでるらしいけど、こんなに効果がある育毛剤ってのは聞いた事がない。ちょっと生え際を気にしてたうちの親父にも、一ダースほど送ってやりたいぐらいだ。

「一応、生えてないとこにも塗ってみる？」

「まぁせっかくこうやって調査に来たわけだしね」

俺はシエラの足の下でじたばたと暴れる鼠の、毛の薄い手先にも薬を塗りたくった。

「えーっとトンボ、あと何の薬があるんだっけ？」

「えーっとね、精力剤と虫歯薬と……」

「補魔剤《マナポーション》」

「ああ、そうそう……どうも毛生え薬以外は試すのも難しいものばっかりだなぁ……」

「たしかに、鼠に虫歯はなさそうだし、精力にも困っちゃなさそうだね。補魔剤は説明書読んだ上でも意味わからなさすぎて危なくて使えないし……」

シエラの足に踏んづけられたままもぞもぞと動く鼠を見ながらそんな話をしていると、ダンジョンの入口側から何かがやってくるのに気づいた。

「誰か来る？」

「いや、うちのあれじゃない？」

「あ、なるほど」

と、俺がそう言うが早いか、それは姿を表した。ＬＥＤをビカビカ光らせ……甲高いプロペラ音を響かせたそれは、マーズの言う通り川島のドローンたちだった。

三台連なって天井付近を飛んでいくその機械は、腹の下のカーゴに誰かの注文品を乗せているようだ。彼らはまるで天井にレールでもついているかのように危なげなくカーブを曲がり、あっという間にダンジョンの奥へと消えていった。

「実際に注文品運んでるとこ初めて見たなぁ、あれはもう姫が操縦してるんじゃないんだっけ？」

「基本は自動運転って言ってたね」

「変な鳥」

まぁシエラから見れば変な鳥だろう。

ちなみに三台連なって飛んでいるのは、どれか一台が飛行不能になった時に回収するためらしい。

壊れたドローンをダンジョンに置き去りにするのは問題だし、盗難の恐れだってある。宇宙産の材料を使っているわけではないが、どこかでコピー品を作られて嬉《うれ》しいというわけでもないのだ。

「シエラ、さっきのやつはドローンっていうんだよ」

「ドローン鳥？」

「鳥じゃなくて機械だよ、ゴーレムみたいなものかな」

「あいつら、疑似生命？　でも、魔力ない」

「いや、ごめん……俺の例えが悪かった」

ほんとにゴーレムが存在する世界の人に、ゲームの知識で喋《しゃべ》っちゃ駄目だよな。

「とにかくあれは、生き物じゃなくて……どっちかというと、シエラも乗ったことがある車とか電車に近いんだ」

「じゃあ、乗れる？」

「いやあれは小さいから、荷物を乗せて運んでるんだよ」

「ふーん」

そんなわかったようなわかっていないような返事をしたシエラの足元に目をやると、暴れ疲れたのか鼠の魔物はぐったりとしているようだ。

「そろそろ大人しくなったしさ、籠《かご》に入れてゆっくりしようよ」

「そうだね。シエラ、これに入れて」

「わかった」

俺がジャンクヤードから出した宇宙金属の籠にシエラが鼠を入れ、キャンプ用の流し台を出して皆で手を洗う。冒険者の人はあんまり気にしてないけど、魔物といえどぶっちゃけ鼠だからな、触ったら手を洗ったほうがいいだろう。

「なんか食べる人」

「僕ミカン」

「甘いパン！」

俺たちはダンジョンの脇道へと逸れ、普段から店を出す時に使っている絨毯《じゅうたん》を敷き、その上に座り込んでのんびりとする。

ジャンクヤードから出したヤカンから、ティーバッグを入れた紙コップに湯を注いでいると、さっき飛んでいったドローンが戻ってきて入口の方へと消えていった。

「おー、やってるねー」

「ああして見るとやっぱりドローンって速いよね」

そして二杯目のお茶を飲む頃には、また別のドローンが荷物を乗せて飛んで行く。どうやら今日のダンジョンにはなかなか利用者がいるようだ……と思っていたら、今行ったドローンが戻ってこないうちにまた別のドローンが飛んで行った。

「なんか、大盛況じゃない？」

「そうだねぇ」

その後も何度もドローンは行き来し、なんだかちょっと心配になりながらも、俺たちは夕飯前に家路へとついた。

ちなみに数時間毛生え薬の重ね塗りをしてはみたが、鼠の手に毛は生えず……それ以上の検証をやってもいられない俺たちは、とりあえず「育毛の効果は有り」としてそれをジャンクヤードへ流したのだった。

◆

「ポイントの価値が高まってるんですか？」

「そうとしか思えないんですよ」

アステロイド事業部立ち上げと同時に定期開催が決まった、川島総合通商の全体会議。二、三十人は入りそうなでっかい会議室に、たった七人だけが集まったその席で……パンツスーツの上にボア付きフライトジャケットを着込んだ飯田さんは、俺の問いにそう答えた。

この会議には川島総合通商の役職者及び有識者として、川島家の面子《めんつ》と元冒険者組が参加していた。経営者側は俺、マーズ、シエラ、リモート参加で姫。従業員側からは部長の飯田さんと課長の吉川《よしかわ》さん、そして新設されたアステロイド事業部からは阿武隈《あぶくま》さんと雁木《がんぎ》さんだ。

最近始まったドローン配達買い取りシステムも、この会議で詳細が詰められたものだった。

『という事は、買い取り依頼が増えてるって事？』

「それはもちろんそうなんですけど、その時に円とのレートを聞かれたりするようになったんですよー」

『あー、円とポイントを交換したい人がいるって事ね』

「ちなみに、それに関しては予定ないですか？　副社長」

『ないない、ポイントはあくまで魔物の素材を集めるためのものだから』

飯田さんは俺の頭を飛び越えて副社長と話しているが、別にそれはこの場にいる誰一人として気にしない。全員が姫こそが実務の頭にして、この会社の要だと認識しているからだ。

「そういえば社長は以前川島ポイント経済圏という計画を仰ってましたが……」

「あ、いや飯田部長……それはあくまで将来的なプランにと考えていたというか……」

『今その計画を伸ばすには人も物も足りないから、一旦《いったん》忘れて』

「あ、はい」

なんかすいません……。

川島ポイント経済圏、それは川島ポイントを現金の代わりとして、商品との交換、旅行や通信、果ては決済までを賄うという壮大な独自通貨構想だ。なーんて言えば聞こえはいいが、結局それを行うには今の川島総合通商では図体が小さすぎる。最低でも全国規模の組織になる必要があるという、まさに夢物語なわけだ。

しかしまさか、そういう事を真剣に考え始める前に、俄《にわか》にポイントの価値だけがはね上がるとは思っていなかったわけだが、まぁ何事もそういうものなのだろう。俺だって、マーズと出会ってからの一年でちょっとは成長したつもりだ。今できる事と、できない事の区別ぐらいはできる。

『とにかく現状維持で。あくまでドローン配達システムは冒険者のためのサービスだから』

「かしこまりました。それと冒険者の方からは、もっと買い取り品目を増やしてほしいとの要望もありますが……」

『それもなし、それの捌き先を考える事でまた仕事が増えちゃうし』

「ほんとに需要が高まってるんだなぁ」

「まーねー、なんかこう言っちゃあれだけど……ドローン配達システム、便利すぎるんだろうねぇ」

川島アステロイドの長に就任してからというもの、なんだかまた少し目の下の隈《くま》が戻ってきたような気がする阿武隈さんが、ぽつりとそんな事を言った。

「まぁたしかにねぇ。もし今活動してたら、恵比寿《うち》でも対象の魔物素材は最優先でポイントに変えてたもんなぁ。やっぱ現役の冒険者はそういうとこに敏感だったって事かな」

「だよね」

「やっぱそうですか？」

俺が問うと、阿武隈さんと飯田さんの元冒険者コンビは深く頷《うなず》いた。

「こっちがそこを狙ったってとこもあるけどさー、川島ポイントとスマホがあるだけで、いざって時の生存率がめちゃくちゃ上がるわけでしょ？」

阿武隈さんが川島ポイントのスマホアプリをいじりながらそう言うと、飯田さんが横から補足する。

「もしダンジョンの奥で骨折したり滑落したりしても、食料や薬を持ってきてくれて、危険な状態なら管理組合に連絡までしてくれるわけですから。あっちからすれば命綱が一本増えたようなもんですね」

「なるほど」

「そういやうちも昔さー、探索中に久美子が急性虫垂炎起こしてさぁ……もうみんなで必死に担いでベースまで戻った事あったよね」

「あったあった……あの時ちょうど痛み止めを使い切っちゃってて、魔物に見つからないようにって猿轡《さるぐつわ》して運んだっけ」

「あの時は私ほんとに死にかけたなぁ」

なんか、やっぱ冒険者ってのは本当に大変な仕事なんだなぁ……。

『なんかめちゃくちゃ納品してくれてるパーティーもあるんだっけ？』

「そうなんですよ。明らかにポイント狙いで、ドローン買い取りも使って一週間ぐらい潜ってた人たちがいましたね」

「ダンジョンに一週間？　よく平気だなぁ」

信じられないといった様子でマーズが言うが、阿武隈さんたちの感覚は違うようだ。

「企業からの依頼とかだと、二週間とか普通に潜るよ」

「そうそう、依頼品が揃《そろ》わないと帰れないので。だから日持ちしない素材だと難易度が高くて、依頼金も高くなるんですよね」

「二週間は嫌だなぁ。僕、空が見えないとこ駄目なんだよね」

まぁマーズは宇宙の船乗りだからな。とはいえ、俺もダンジョンに泊まれと言われたら普通に嫌だ。今だって、日帰りだからなんとかやれているのだ。

『とりあえず、ポイントに関しては上手くいってる以上現状維持かな？　こうなると心配なのが不正利用だけど……一応ポイントは本人以外は使えませんって利用規約に書いてあるから』

「やっぱり不正利用されますかね？」

『されるされる。とりあえずドローンが飛んでった先で、本人以外が受け取ろうとしたら引き渡さないようにプログラム組んでるけど、それが連続したら利用停止《BAN》だね』

「普通のサービスの利用停止とは重さが違うなぁ……」

『二、三人見せしめで利用停止《BAN》にして、その噂が広まるまではアカウントの売買ぐらいはあるだろうけど、そのクレームが来た場合の対応は任せていい？』

「もちろんです」

飯田さんは事もなげにそう言うが、さすがに元冒険者は頼もしい。俺ならごつい冒険者に凄《すご》まれたら、ビビって何も言えなくなりそうだ。

『じゃあまあ、今日はこんなところ？』

「だね」

「部長、サンプルサンプル」

「あ、そっか。ちょっと待って」

姫が定例会を締めようとしたところで、雁木さんに肘《ひじ》でつつかれた阿武隈さんから待ったがかかった。

「トンボ君、これ前に言われてたやつ」

彼女はそう言って、スーツのポケットから取り出したチャック付きのポリ袋を三つほど、俺の前に置いた。

「それ、納品された魔鋼素材のサンプル。渡しとくからね」

「ああ、ありがとうございます」

魔物の素材が集まりだしたということで、魔鋼素材制作会社からようやく鋼材が届き始めたらしい。宇宙船に使えるほど貯まるにはまだ時間がかかるだろうが、とにかく実物が目の前にあるという事は実際大切だ。

「魔鋼って凄い高いんだね、請求書見てびっくりしたよ」

「いやまぁ、今のところ宇宙船は無人で運用するつもりですけど、将来的には人が乗る可能性もあるので……丈夫な方がいいですし」

　俺はそんな事を言いながら、とりあえず魔鋼をジャンクヤードに収納した。おっと、忘れないようにKEEPしておこう。姫が解析にかけるって言ってたしな。

「じゃあまあ、今度こそ締めで。他何かありますか？」

「大丈夫です」

「大丈夫だよ」

「だいじょう……」

　そう言いかけた瞬間、サイレントにしていたはずのスマホから、爆音で音楽が鳴り響いた。

『宇宙のどこでも《うつちゅうつのどつこでつも》　迅速配達《じつんそつくはついたつつ》』

「え？」

　そしてその音楽は、途中でブツリと途切れた。

『……トンボ、スマホには触らずにまっすぐ帰ってきて』

「マジかよ……」

「どしたの？　トンボ君」

「いや、なんでもないです……」

「大丈夫大丈夫」

俺とマーズと姫は、その音楽に聴き覚えがあった。それは川島家《おれたち》とは因縁浅からぬ仲である、宇宙の超最悪商会……金頭龍《ゴールデンヘッドドラゴン》からの呼び出し音だった。

◆

「どーしよっか、これ」

家のコタツの上、前みたいに振動で勝手に操られないよう、あられの入っていた缶に入れられたスマホを眺めながら、姫はそうこぼした。どうしようかというのは、金頭龍《ゴールデンヘッドドラゴン》商会からの電話にどう対応しようかという事である。

「多分魔鋼素材だよね？　俺がジャンクヤードに入れた途端にかかってきたから」

「状況的にもそうだよねぇ……」

やはり、相手は何らかの異能で俺のジャンクヤードを監視していると見て間違いないだろう。きっとすぐにKEEPをかけていなかったら、しれっと何かと交換されていたはずだ。

「なーんか、金頭龍《ゴールデンヘッドドラゴン》の掌《てのひら》の上って感じがするんだよなぁ。やっぱり異能に関しては敵《かな》わないね」

「ゴールデン……何？」

マーズのぼやきに対して、子供用の座椅子にちょこんと座ったシエラがそう尋ねる。彼女には俺たちの事情はふんわり話してあるが、金頭龍《ゴールデンヘッドドラゴン》商会との因縁についてはまだ話していなかったか。

「俺の異能を監視してる奴《やつ》らがいるんだよ。悪い商人だ」

「悪いやつ、倒す！　任せろ！」

シエラは小さい手をぶんぶん振りながら言うが、問題なのは相手がその手が決して届かない場所から仕掛けてくるという事だ。

「しかしこうなると……もしかしてあのゲーム機も金頭龍《ゴールデンヘッドドラゴン》のものだったのかなぁ？」

「ああ！　言われてみればそうかもね。あれもトンボがダンジョンの素材をジャンクヤードに入れたタイミングだったもんね」

「え？　何？　そのゲーム機って」

姫が訝《いぶか》しげにこちらを見ながら、コタツの中で俺の足をちょんちょんと蹴《け》る。あれ？　そういえば姫には言ってなかったっけ？

「あれって姫に話してなかった？」

「……そういえば、そうかな？」

「姫がこっちに来る前の話って事？」

「そうなんだよね。なんか魔物の素材と宇宙のゲーム機が交換されてきてさ……」

俺は姫に宇宙の折りたたみゲーム機の事を説明した。それは俺が持っていたゲーム機に酷似していた事、そしてピカッと光った後に眠くなった事。そしてその時に夢で見た、今の自分とは似ても似つかない、強い自分の事。

俺のそんな話を、コタツに肘をつきながら黙って聞いていた姫は……ガン！　と拳《こぶし》をコタツの天板に叩《たた》きつけた。

「完っ全にトラップじゃん！」

「え？　トラップ？」

「あ、やっぱそう？」

「ヒメ、叩くとよくない」

「ごめん」

姫はそう言って、自分が叩いた天板を肉球で擦るシエラの頭をひと撫《な》でした。

……ていうかトラップって何だよ。あれがトラップだったとしたら、俺が見たあの夢はなんだったんだ？

失敗を恐れてばっかりだった俺に、やれるだけやってみようと思える勇気をくれた、デカい背中のあの俺は？　迷った時にいつも指針になってくれた、即断即決のあの俺は？　あれが全部、金頭龍《ゴールデンヘッドドラゴン》に見せられた、都合の良い幻影だったっていうのか？

そんな考えが頭を駆け巡り、ショックで固まった俺の眼の前に、スッと姫が手を差し出した。

「トンボ、出して」

「え？」

「そのゲーム機、出して」

頭が混乱しっぱなしの中、言われるがままにその手の上にゲーム機を置くと……彼女はそれを持って、自分の部屋に引っ込んでいった。

「……言うの忘れてたね」

こちらに顔を近づけ、髭《ひげ》をぴこぴこさせるマーズにそう言われるが、俺は「うん」と空返事をする事しかできない。なんだか、自分の浅さというか、簡単さにショックな気分だ。

もしあれが嘘だったとしたら……俺は誰かに作られた自分を勝手に信じて、勝手に魅入られて、勝手に目標にしてたって事だもんな。なんか俺って、呆《あき》れるぐらいに簡単な人間なんだな……。

「つい姫って何でも知ってると思っちゃうんだよなぁ」

「そうだね……」

顔を近づけてそんな事を話す俺たちに、なぜかシエラもふんふんと頷きながら、真っ白な毛並みの顔を寄せてくる。俺はその鼻先をちょっと撫でて、姿勢を正した。

頭はショックでふわふわしているが、そうしてばかりもいられない。たとえ今の自分がどうだろうと、やるべき事はやらなければいけない。それは俺が短い社長経験から得た、嘘偽りのない教訓だった。たとえこれまで嘘を信じてきたのだとしても、それだけは誰にも奪えないはずだ。

「マーズ……」

「何？」

「いや、なんでもない……」

優しいマーズは弱音を吐き出しかけた俺に、それ以上何かを聞いたりはしない。彼はただ無言で、俺にお茶を入れてくれたのだった。

ほどなくして、そんななんとも言えない空気のリビングへ戻ってきた姫は「んっ」と俺にゲーム機を突き返した。そして、まるで何でもない事のようにこう言った。

「中身確認したけど、そのトンボの映像はフェイクじゃない」

「えっ？」

どういう事⁉　あれは嘘の映像で、トラップなんじゃなかったの⁉

「嘘じゃなかったわけ？」

「多分だけど、トンボが見た夢は本物。ただし……こっちの銀河の未来のタイムスタンプの夢だけど」

「えっ⁉　えっ⁉　えっ⁉　……どゆこと？」

「わからない。姫もこういうのは聞いた事ない」

「という事は、トンボが言ってた凄いトンボってのは、本当に未来の姿って事？」

マーズの問いに、姫は肩を回しながら口の端を曲げた。

「全く改ざんや創作の痕跡《こんせき》がなかったし、そうだとは思うんだけどなぁ。なにぶんこっちの銀河の事だから……」

「え？　じゃあ俺、どうしたら……？」

俺は混乱のあまり、そんな答えようのない事を彼女に尋ねてしまった。

「……ぶっちゃけ、トンボがあの男に憧《あこが》れていたいんなら好きにすればいい。と、言いたいところなんだけど」

姫は背筋を伸ばして、まっすぐに俺の顔を見た。俺もなんとなく背筋を伸ばして、彼女の方を見つめ返す。

「これは姫のワガママなんだけど、いい？」

「……もちろん」

俺が答えるやいなや、突然彼女は俺の胸ぐらを掴《つか》んで、グイっと自分の方に引き寄せた。

「あんな男に憧れてんじゃないよ、トンボ」

「えっ？」

「姫はああいう人間、何人も見てきた」

そう言いながら、姫は俺の顔の左右に両手を回して、更に引き寄せた。彼女の金色の瞳《ひとみ》の表面がキラキラと煌《きら》めいて、俺の間抜け面を映し出す。そのままの状態で、姫はこう続けた。

「豪快で、剛腕で、色んな人間の生活を一人で面倒見てるような顔して、誰からも好かれて、自然と尊敬される。トンボがなりたいのは、そういう人間でしょ？」

「……………」

思っていた事をズバリと言い当てられた俺は、どうにも気まずかったが……まっすぐに俺の事を見つめるその瞳から、どうしても目を逸らせなかった。

「そういう人間はね……みーんないなくなったよ。つまんない事で。妬《ねた》まれて、恨まれて、頭おかしい奴に狙われて……信じてた人間に裏切られて」

「……………」

「トンボからしたら、眩《まぶ》しいかもしれない、羨《うらや》ましいかもしれない。でもね、凄いって事は……輝くっていう事は……色んな人の目に留まるって事なの。そして好意だけじゃなく、悪意にも晒《さら》されるって事なの」

彼女は本当に苦しそうにそう言い、それから口の端を曲げて笑顔を作り、俺に問いかけた。

「トンボだって、頑張ったらいつかはああなれるのかもしれない。夜空に輝く、でっかい星になれるかも。でもねトンボ……その時、トンボは自分の事を……周りの事を守っていける？　一度や二

度じゃないよ、生きてる限り、ずーっと」

そう言われると、なるほど絶対に無理だ。

「あたしはね、駄目だった。裏切られて、攫《さら》われて、バラバラにされて捨てられて、それでトンボに助けられた。トンボはどう？　そういう幸運に賭《か》けてみる？」

「いや……」

これもまた、流されているだけなのかもしれないが……たしかに言われてみれば、姫の言う通りにも思える。

マーズが家にやって来てからの一年間で、俺も自分の事をちょっとだけ知った。俺は一人ではほとんど何もできない愚か者で……それでもほんのちょっとだけできる事があって、仲間にだけは恵まれて……それに縋《すが》って生きている、小さい小さい人間だ。

「…………」

今も黙って見守ってくれているマーズがいなければ、きっと未《いま》だに「何かしなければ」と思いながら、何もできずに燻《くすぶ》って暮らしていただろう。そしてきっとこの先どう頑張ったって、俺という人間のそういう本質は変わらないと思う。たしかに俺が目指すべきは、あの夢で見たようなワンマン超人ではないのかもしれない。

「ね、トンボはどういう人になりたいの？　言ってみて。たとえそれがどんな道でも、姫ができる限りで手伝ったげる」

「……俺は、俺の大事なものを守りたい。家族、友達、知り合い……できれば千葉《じもと》、他のところはできる限りで……」

なんて口では大きい事を言いながらも、俺は正直言って「家族以上の事は責任持てんぞ」という気にもなっていた。

「じゃあ千葉以外の場所に、この間みたいなおっきい蛇が出てきたらどうする？」

「まぁ今なら海賊船《サイコドラゴン》があるから……ステルスでこっそり倒しにいくかな」

でっかい銃もついてたし、きっとそれぐらいならできるだろう。

「じゃあ、地球に隕石《いんせき》が落ちてきたら？」

「海賊船《サイコドラゴン》でなんとかできるなら、なんとかする」

サイズにもよるだろうが、あの船なら隕石ぐらいなら砕けそうな気もする。

「宇宙海賊が地球に攻めてきたら？」

「勝てないやつ？」

「サイコドラゴンが十隻ぐらい」

そりゃあ勝てない。

「勝ち目がないなら、家族や友達を拾って異世界か宇宙に逃げるかな」

蛇のお化けとは「いけるかも」と思えたから戦えたのだ。いくら地球の危機だと言われても、勝ち目のない戦いはできそうになかった。

「いいよ。その線引き、忘れないでね」

俺の言葉を聞いた姫はそう言って、顔を掴んでいた手を離した。おそらく彼女が言いたかったのは、できる事をちゃんと把握して、分相応に生きろという事なのだろう。ごもっともな話だ。

だいたいよく考えれば、夢の中の俺は自分の背中にまるで宇宙でも背負っているかのような、そういう気迫があった。物語の主人公ならそれでいいが、俺が生きているのは現実だ。たしかにあんな風に生きていては命がいくらあっても足りないし……きっと死ななくたって、あれじゃあ仕事の後にゲームをするような心の余裕もないだろう。

別に俺の目的はああいう風に偉くなる事でも、凄《すご》くなる事でもないのだ。家族や地元が平穏無事なら、他の事はどうだっていい。

俺個人はマーズを地元に送り届けて、あわよくばポピニャニアに行って、水が合ったらあっちの銀河でマーズと一緒に運送業やったりして……とにかくほどほどに働いて、後はゲームをやったりして楽しく過ごしたいだけなのだ。

「そんでお二人さん、結局これからどうするわけ？」

なんだか生暖かい目でこちらを見ているマーズの問いに、姫は簡潔に答えた。

「金頭龍《ゴールデンヘッドドラゴン》、完全に切っちゃお。これ以上あっちの思惑に乗る必要ないよ、ジャンクヤードに送られてくる怪しいゲーム機とか手紙とかも、もう取り出さないように」

「へ？」

「トンボのスマホ、宇宙から勝手にアクセスできないようにセキュリティ上げて……ついでにトンボの近くの機器にもアクセスできないよう、ジャミングも張れるようにしとく」

「それぐらいで大丈夫かなぁ？」

「駄目なら駄目でまた考える！　とにかく今後我が家では、金頭龍《ゴールデンヘッドドラゴン》との取り引き交渉はしません！　それでいい？　トンボ」

「もちろん、俺はその方がいい。あの会社、めちゃくちゃ怖いし……」

「まぁ、たしかに怖い会社だよ」

「じゃ、そうしとくね」

そう言って、姫はあられの缶に入ったスマホを持って部屋に戻っていった。そんな姫の後ろ姿を見送ってから、マーズが俺の手をちょいちょいとつついた。

「トンボさぁ、さっき言ってたけど……隕石落ちてきたらほんとに止めるの？　映画みたいに？」

「いや、あんまりデカかったら諦《あきら》めるかも……」

「そうした方がいいよ、荷電粒子砲じゃ多分隕石は砕けないし……」

「え!?　そうなの？」

俺と猫のマーズがそんな締まらない話をしている中……犬のシエラはコタツに潜り込むようにして、大口を開けて眠っていたのだった。

# 間章【骨とアプリとやばい企業】

川島総合通商。以前から、そういう企業があるらしい、という事は知っていた。といっても、知っていたのは冒険者に関わる企業としての川島ではなく、ふりかけ屋としての川島だ。

そんな彼らが魔物素材の買い取りに参入したのは今年の夏の事。といっても東京第四ダンジョン限定の買い取りで、その後に始まったドローンだかの救援要請サービスってのも、入っているのは東四の連中が多かった。

その川島がスマホアプリを作って、急に東四以外にも手を伸ばし始めたのはこの冬に入ってからの事。察するに、夏から秋は東四限定で試験をして、それが上手くいったから大々的な商売を始めたってところだろう。

まぁ、どうだって構わない。重要なのは、俺たち冒険者の得になるかどうかっていうところだ。

「でもさぁ俊樹《としき》、この超保温弁当箱とかってよくない？　ダンジョンで温かいカレー食べれんだよ？」

「…………」

そう考えていたが、俺の相棒にして女房である優子《ゆうこ》は、もう川島のアプリを見ながらやる気満々のようだった。ダンジョンにほど近い、狭いけれども楽しくて、家賃が高くお隣さんが物凄《ものすご》く気難しい我が家の布団の上で……彼女はゴロゴロと寝返りをうちながら、アプリの交換品というやつの品定めをしていた。

「これもいいじゃん、個人用エアコンだって。通販サイトとかで、服の裾《すそ》につける扇風機みたいなのは売ってるけどさぁ、こんな温めるのも冷やすのもいけるやつって見たことないよ」

そんなのつけてたら、仕事中に壊れそうだ……とは感じつつも、そんな事を言えばまた妻に「夢のない奴《やつ》」と思われてしまうだろう。俺は洗い終わった皿を水切りかごにかけて、タオルで手を拭《ふ》いてから妻の元へと向かった。

「ね、ね、いいっしょ？　使ってみて良かったらさ、鎌倉のお義父《とう》さんとこにも送ってあげればいいじゃん。野良仕事なんか暑いし寒いし大変でしょ」

「たしかに、それはいいけどなぁ」

彼女の中ではもう決定事項になっているのだろう、妻はどんどんアプリに情報を入力していっているようだ。まぁ別に、俺にも特段異存があるというわけではない。ダンジョンに潜り続ける張り詰めた生活だ、こういう全く新しい事をやる日ってのがあってもいいだろう。

「んじゃ、明日さっそくDベースまで行ってさ、このドローン買い取りっての試してみようよ」

「ん。じゃ寝よっか」

「寝よ寝よっ」

ダンジョン探索者の夜は早い。町のざわめきが遠く聞こえる部屋の中で、俺たちはくっつき合ってつかの間の夢を見たのだった。

翌日、俺たちは朝の寒い中を軽自動車で東京第一ダンジョンまでやって来た。そして車の中でいっそ暑いぐらいの装備を着込み、お互いにクロスボウと槍《やり》を担ぎ、さっそくダイブを開始する。

「ほんじゃ、Ｂベースまでまっすぐ行くよ」

「了解」

東京第一ダンジョンは比較的潜りやすいと言われている部類だが……それでも普段俺たちが狩り場にしている、Ｂベースと呼ばれる大空間までは十キロ程度の距離がある。この十キロが近いか遠いか、どう感じるかは人それぞれだろうが……俺は正直言って、たとえ三キロであっても遠いと思っている。

入口から四キロ地点のＡベースで、妻がばったり会った知り合いと長話を始めたのを聞きながら、俺はより一層その思いを深めていた。

「えっ？　じゃあ梅田《うめだ》さんのお葬式もう終わっちゃったの？」

「そう、新宿から来てたパーティがヘルメット見つけてさぁ。奥さんがもう諦めちゃって」

「そんじゃあ出たら香典だけ持ってかなきゃ。組合葬？」

「そうそう、いつも通り。香典も組合渡しでいいって」

ダンジョンは危険だ、なんて言葉で言っても「そりゃそうでしょう」なんて言われてしまいそうな話だが……ダンジョンというのはとにかく簡単に人が死ぬ。

地下に向かう十キロは、地上を歩く十キロとは全く質が違う。地下に救急車は来ない、救急隊だって来ない時もある。動かしたら死ぬような傷を貰《もら》って、それでも何時間もかけて地上を目指さなければいけない時もあるのだ。

知り合いと別れＡベースを出て……なんとなく重くなった空気を背負って、俺たちは怪我をすればまず自力では帰れない場所へと、着実に進んでいく。

「なんかさぁ、救援要請してくれるサービスがあるっていうじゃん、うちもああいうの入った方がいいのかなぁ？」

「救援要請が必要な場所に行かなきゃいいんだよ。電気が来てる場所より奥を開拓すんのは、トップのパーティに任せときゃいいんだ」

「まぁそうなんだけどさぁ、でも浅い場所でもなかなか人が来ないって時もあるじゃん」

こんな仕事をしていると、心配ってのはしてもし切れないところがあるんだがな……。

「じゃあ、帰ったら一回調べてみるか」

「そうしようよ」

まぁそれで女房の気が少しでも楽になるんなら……車の車検も済んだところだし、多少の金ぐらいは払ってもいいだろう。人死にが出るのは冒険者の常だが、全ての事に備えを持つのも冒険者の常だ。命綱は一本でも多いほうがいいからな。

そんな事を考えていたら、進行方向の地面に何かがいるのが見えた。青紫色の羽色で、でかい鶏冠《とさか》を持つそれは、このダンジョンでは単純に鳥と呼ばれている。これは獲っても あんまり儲《もう》けにはならないが、戦闘能力があるわけでもない、そういう魔物だった。

「あっ、鳥みっけ。一応狩っとく？」

「今日はＤベースの節鹿《ふしじか》狙いだろ？　荷物になるぞ」

「でも、Ｄベースの方はドローンで買い取りに来てくれるって……」

「そんなもん、ほんとかどうかわからんぞ。自分で持って帰る事も考えとかなきゃ」

「うーん……じゃあ、諦める」

誰にでも狩れる、危険度も低い鳥よりは節鹿の方が遥《はる》かに金になる。二人で荷物まで持って帰る事を考えると、大きく儲けようと思えばなるべく狩り場までは身軽でいたいところだった。

「そういや、川島っての買い取りは範囲とかって書いてなかったか？　Dベースまで十八キロはあるんだし、そんなところまでドローンの電波とか電池って保たないんじゃないか」

「うーん、書いてなかったと思うけどなぁ」

ふわっとした情報に不安を抱えたまま、Bベースへと進んでいく。何度も何度も通った道だ、魔物がいそうな場所も、魔物が出にくい道も、全部わかっているつもりだ。それでも、不確定な情報を抱えている事が、今は少しだけ怖かった。

結局俺たちは特にトラブル無くBベースへと進み、顔見知りのパーティと挨拶《あいさつ》を交わしてから、家から持ってきた握り飯を食べる。慣れた俺たちでも二時間半の道のりだ、すでに時計は朝飯と昼飯の間の時間を指していた。冬とはいえ歩き通しで熱くなった身体《からだ》に、リュックに入れてきた二リットルのペットボトル水の三分の一が吸い込まれていく。

ダンジョン探索で一番きついのは、移動でも戦闘でもなく水の管理だ。食べるのは最悪少しでも問題がないが、乾きを我慢するとそれは死に直結する。俺たちは日帰りでも余裕を見て二人で十リットルの水を持ち運ぶ、するとそれだけで一人五キロ分の重りになるのだ。

トップ層のパーティが何日も泊りがけで仕事をする時、一番問題になるのがそこだ。彼らはそういう時、他のパーティを雇って水や食料を運ばせる。そのために、企業がトップ層のパーティに払う金はとんでもない額になるのだ。
管理組合がベースに自動販売機を置こうとした事もあるそうだが、たいていのダンジョンにはとんでもなく丈夫な歯を持ったネズミの魔物がいるからな……ネズミは魔臓ってのを持ってるせいでダンジョンの外には出てこないらしいが、出てきていたら人間の文明は完全におしまいだっただろう。

「俊樹、タッパー」

「ん」

握り飯を入れていた二人分のタッパーを重ね、ビニール袋に入れて俺のリュックへ放り込む。

「じゃあ、行くか」

「やっぱ保温弁当箱っての欲しいなぁ……」

「もし手に入れても、周りに悪いからカレーはやめとこうな」

地の底で食べるものなんか、みんな最低限のものだ。混ぜ込みご飯のおにぎりを食べている俺たちなんてのは全然マシな方で、ゼリーとかカロリーバーで済ませる奴らが大多数なのだ。

俺はそんな食事をもそもそと取っている他のパーティに会釈をして、ベースを出た。そして狙いの節鹿が見つかるまで、Bベースと Dベースの間をうろつき回ったのだった。

節鹿とは、シンプルな魔物だ。頭に生えた角にところどころ大きな節がある、そんな鹿だ。性格は好戦的で、クロスボウの矢を打ち込むと、そんな角でこちらを吹き飛ばそうと迫ってくる。そのおかげで逃げるところを追う必要はないが、半年に一人ぐらいは死亡者が出ている危険な魔物だった。

そんな節鹿の雌を、俺と嫁は必死こいてＤベースへと引きずっていた。

「鹿はこれが嫌なんだよねぇっ」

「しょうがないだろ、こいつら仲間の死体があったら警戒して逃げるんだからっ」

魔物の死体は、ダンジョンの地形によって扱いが違う。最奥に近い場所だと、取るものを取ったらそのまま放置する事もあるが……他に人がいる狩り場なら、ちゃんと処理しなければ迷惑になってしまう。まぁ処理と言っても簡単で、邪魔にならない場所に放っておいたり、谷底に落としたりするだけだ。

そうしておけば、あとは他の小さい魔物が全てを処理してくれる。ダンジョンの生態系に飽食はない。とんでもない大物が出てきて小さい魔物が全て逃げ出したりしない限り、腐敗臭を感じる事すらないのだ。

「部位はどこだっけ？」

「角と蹄《ひづめ》と、骨と歯、あと魔石」

「カルシウムとかコラーゲン狙いか……化粧品にでもするのかな？」

「そーいやポイントの交換商品にも化粧品あったわ、狙っちゃおうかな？」

「こないだ誕生日に高いやつ買ったばっかりだろ」

「俊樹のスニーカーと一緒で、何個あってもいいのよ」

そんな無駄口を叩《たた》きながらも、Ｄベースに節鹿を引きずり込む。Ｄベースの近くにはちょうど谷になっている部分があるため、みんなそこをゴミ捨て場にしているのだ。

そのうち谷が魔物の骨で埋まるんじゃないかなんて、笑い話で言っていた事もあるが……鉄まで噛《か》み砕《くだ》くネズミは全てを生態系に戻してくれてるらしく、未《いま》だゴミ捨て谷は底が見えないぐらい深いままだ。そんなわけで、解体した後の心配はいらない。

俺たちはＤベースの天井に据え付けられたフックとチェーンブロックを使って、鹿の身体を吊《つ》り上《あ》げて解体作業を行っていく。ここらへんを狩り場にして長い俺たちには作業も慣れたもので、あっという間に解体は終わった。

「そんで、この状態でスマホアプリを起動」

「アプリで査定してくれるって事か？」

「そうそう……あっ、ビデオが起動した、これであっちから見えてるって事かな？」

女房はそんな事をぶつぶつ言いながら、床に並べられた骨や蹄に色んな角度からスマホを向けている。こんな事やったって、本当にこんなとこまで買い取りに来てくれるのかね？

なんて事を考えていた俺だったが、どうやら査定は無事に終わったようだ。女房のスマホにはやたらと詳細なダンジョンの地図が表示され、現在のドローンの位置が示されていた。もちろん今出たばかりだからドローンはダンジョンの外だが、見た目はまるで出前アプリのトラッカーのようだ。

「後は待ってればいいんだって」

「まぁ、自分で持って帰るなら今日はこれで仕事終わりだしな。片付けやってゆっくり待つか」

俺たちは買い取り対象じゃないゴミを片付け、備品を掃除してから地べたに座り込み、ゆっくりとキャラメルを舐《な》めて待った。そして五台で連なって飛ぶでっかいドローンは、なんと三十分程度でＤベースへとやって来たのだった。

「おいマジで来たぞ」

「え？　え？　次どうすんだっけ？」

女房は慌ててスマホを弄り始め、俺はその指示に従って、梱包《こんぽう》した素材をドローンに取り付けていく。なんだか、思っていたよりずーっと至れり尽くせりなサービスだ。管理組合もこれを始めてくれたら、俺たち冒険者の手取りももっと増えるのになぁ。

「あっ、オッケーなのかな？　帰ってくよ」

「すっげぇな、川島っての」

そんな事を言いながら、俺たちがダンジョンの天井付近をぶっ飛んでいくドローンを見送っていると……Ｄベースで休憩していた顔見知りのパーティの寺田《てらだ》さんが、魚肉ソーセージを齧《かじ》りながらこちらに来た。

「木島《きじま》さん、今の何？　なんかすんごいの来てたけど」

「なんか川島ってとこがドローン買い取りってのを始めたらしくて……」

俺も口に出しながら荒唐無稽《こうとうむけい》な話だなと思うのだが……寺田さんは今飛んでいったドローンを実際に見ていたからか、その部分はすぐに呑《の》み込《こ》めたらしい。

「買い取り？　こんなとこまで来てくれるなんて凄《すご》いじゃん！　あれ使ったらいくら買い取りから引かれんの？」

「いやなんかお金うんぬんじゃなくてアプリで使えるポイントが貰えるんですよ」

女房がそう言うと、寺田さんはポカンと口を開けた。どうやら、理解度のキャパを超えてしまったらしい。

「ポ、ポイント……？」

「そうそう、色んなものと交換できるらしくて……」

「交換品なら今のと逆で、ダンジョンに配達もしてくれるんですって」

「配達？　な、何を……？」

それは俺にもわからない、女房の方を見ると、今になってスマホで確認をしているようだった。

まぁ、元々便利グッズを貰おうって話だったしな。

「そこらへんあんま確認してなかったな……あー、コンビニみたいなラインナップですね」

「え？　それって凄いじゃん。マジでここまで持ってきてくれんの？」

「それはわかんないけど……今からやってみる？　さっきのでもうポイント付与されてるよ」

「まぁ、別にやってみたいなら、いいけど……」

俺がそう言うと、女房はなんだか楽しそうにスマホを操作して、またさっきのトラッカーの画面をこちらに見せた。

「とりあえず、頼んでみたよ」

「んじゃ、待つかぁ……」

そう言って俺たちがまたどっかりと座り込むと、寺田さんも近くにしゃがみ込んだ。

「ああいうのって、どんぐらいで来んのかねぇ？」

「さっきは三十分ぐらいでしたね」

「さんっ……三十分⁉　そんな早いの⁉」

驚き通しの寺田さんをさらに驚かせるものがやって来るのは、そこからちょうど三十分後の事だった。食事を終えた寺田さんのパーティ全員と俺たちがトラッカーを見守る中、満を持してそのドローンはやってきた。

「おおっ、来た来た！」

「えっ？　ほんとに来たじゃん！　三台も来たよ！」

「今ってこんなのあるんだぁ……」

「結局これって何なの？」

寺田さんのパーティたちがそんな事を話す中、俺と女房はドローンの腹の下にある箱の蓋《ふた》を開けて、中のものを取り出していた。保温ボックスに入っていたのか、まだひんやりと冷たいそれは……プラスプーン付きのカスタードプリンだった。

「マジで来た」

「これ……す、す、凄くない？」

「ここ、ほんとに地の底だよなぁ？」

はっきり言って、これは革命だ。このサービスが続いていくのなら、間違いなくそれはダンジョン探索者の命綱の一本になるだろう。

「これ、ポイント貯めといたらさ……泊まり込みの仕事とかいけるんじゃない？」

「たしかに、虹色《にじいろ》鳥とかの長期間張り込みが必要な狩りでもさ、事前にポイント貯めといたらいくらでも粘れるようになるよ」

「つーか、誰か怪我した時とかに救援呼ぶ間の食料とか、これがあればなんとかなる事あるんじゃね？」

まぁ、冒険者たるもの、考える事はみんな同じだろう。地上から地の底まで、あの速さで救援物資を持って駆けつけてくれる相手なんて、普通はどこにもいないからだ。

「なん……なんてったっけ？　菊島《きくしま》アプリ？」

「川島アプリだよ」

「う、うちもやろうよ、それ！　寺田、こんなん絶対凄いって！」

「えっと、木島さん、さっき節鹿狩ってたっけ……？　俺らもさぁ……いい？」

なんだかちょっと気まずそうな顔をしている寺田さんが気にしているのは、獲物被《かぶ》りだろう。だが、そんな事を俺が否と言うわけがない。寺田さんだって言われると思って聞いてない。

ダンジョンの獲物はみんなのものだ。独占は厳禁、というか普段は全員気を使い合いながら融通し合ってるぐらいだ。こんな他に誰もいない地の底で、武器を持って、間違っても揉《も》められるわけがない。

このダンジョンという隔離された世界は、死があまりにも身近な世界だからこそ……本当の荒くれ者は存在できない世界なのだった。

「当たり前だよ、角と蹄と骨、あと魔石が買い取り部位だよ」

「奥さん、それアプリってどのやつ？」

「えっとねー、ストアから川島総合通商って入れて……」

「俺のスマホ国産なんだけど、大丈夫かな？　わりぃね、こういうの詳しくなくて全部嫁さんにやって《や》もらってて……」

「大丈夫大丈夫。あたしが入れたげるから」

「あっ、奥さん俺も頼んでいい？」

「なんかメールアドレス入れろって出てて……」

「順番にやりますから」

三十半ばのベテラン冒険者が、二十を超えたばかりのうちの女房にも頭を下げて物を尋ねる。こんな事も、地下では当たり前の事だった。そういう事をやれない奴《やつ》は、すぐに消えていく世界。そして誰とでも仲良くできるような、いい奴もまた……運がなければあっさりと消えていく世界。

そんな世界に生きる冒険者たちだからこそ、この川島アプリの事は誰も隠す事なく、一瞬で業界中に広まった。そして行動不能時の自動通報の仕組みがある事もわかると、あっという間に冒険者からの圧倒的な支持を受け、まさに冒険者のライフラインとして……非常に重要な役割を果たしていく事になるのだった。

# 第三章【風評と姫とイメージ戦略】

金頭龍《ゴールデンヘッドドラゴン》との手切れという、川島家的大ニュースの裏で、世間のニュースにも川島の名前が出ていたらしい。

それも嬉《うれ》しいニュースではなく、バリバリに悪いニュースだ。と言っても、うちが直接何かをしたというわけではなく……ふさわしくない場所で民間《うち》のサービスが使われたと、外から騒がれていたのだった。

『陸上自衛隊の隊員が、訓練中に民間の配送サービスを利用していたとして問題になっています。この配送サービスはドローンを利用し、利用者がどこにいても商品を届けるというもので……』

「あーあ……自衛隊の人らも、なんでこういう迂闊《うかつ》な事するかなぁ……」

マーズはそんなニュースが流れるテレビを見ながら、不機嫌そうに鼻を掻《か》いた。

「訓練中にダンジョン内で負傷者が出て、趣味で冒険者やってた班員がポイント使って止血帯と消毒液を注文したらしいよ」

「ええっ、それなら別にこんなに騒がなくったっていいんじゃない？」

「それが内々の話で済むはずだったのにさぁ、それを美談に仕立て上げようとして、たまたま撮ってた動画をＳＮＳに上げたバカがいんの。それでこんな話になってんのよ」

こんなのは公務員が制服のままファミレスにいたとか、そういうのと同じ類のクレームだ。ただ自衛隊には直近に埼玉六号《おおへび》の撃退失敗というどデカい失態があり、何でもいいから叩《たた》きたいという人が多かったという話だろう。

「と言ってもさぁ、これって人の生死がかかってるわけでしょ？　叩いてる人たちは治療なんかしないで死ねっていうわけ？」

マーズの言う事は正論だが、熱くなっている間は正論こそ通じないのが世論というもの。

……とはいえ、そういう実体のない感情だけのニュースは長続きしないものだ。他のニュースと同じように、そのうち風化して消えるだろう。と、俺はそう考えていた。

考えていたのだが……。

『埼玉六号によって破壊された十式特殊機動戦車が何台かご存知ですか？　四台ですよ！　四台！こんな物に我々の血税が注ぎ込まれていると考えるともう、やり切れませんよ！　地方が文字通りね、血を吐いて生存圏を維持しているという時になんですか、東京の自衛隊は訓練中に呑気《のんき》に出前を取っていたという話じゃないですか！』

夕食時に流していたテレビの中では、別の番組で東京生まれ東京育ちな事を自慢気に語っていた気がするインテリコメンテーターが、そんな事を熱弁している。

結局、一週間が経《た》っても問題は鎮火しなかった。うちが関わったあのニュースは風化するどころか、埼玉六号《おおへび》から続く自衛隊叩きの格好の材料として、嬉々《きき》として利用され続けていた。

「なんか最近、ほんとにこういうニュースばっかりだね」

「市民団体がダンジョン前で座り込みやって、逮捕者が出たばっかりなのに……よく煽《あお》るよなぁ……」

「一応姫もさぁ、ニュースが川島叩きの方向には行かないようには色々やってるんだけど、自衛隊叩きは関わってる人間が多すぎて難しいんだよねぇ……政府関係者と違って失う物がない連中も山程いるし、あんまりやると川島《うち》が情報操作やってるってバレるから」

姫がどうにもできないのなら、他の誰にだって無理な事だろう。だいたい、ネットワークを使って一人で世論を封殺するなんて事、俺だって「やってくれ」なんてとても言えない。

「ヒメ、カレーもういっぱい」

「はいはい」

子供椅子に座ったシエラが空っぽの皿を掲げると、姫はそれを持って台所に向かう。

俺はフライドポテトと炒《い》り卵《たまご》が添えられたカレーライスを一匙《さじ》食べてから、机の上のリモコンを小指で押してチャンネルを変えた。

「なんかやってるぅ？」

「埼玉のアレ以来、再放送かニュース番組かって感じだなぁ……」

やはり首都圏の安全神話が崩れたのは大きかったのだろう。テレビ局もスポンサーがかなり離れたせいなのか……最近は再放送、トーク番組、ニュースあたりが中心の、あまり金がかからない構成ばかりになりつつあった。

以前はたまに見かけていたような地方タレントの姿も軒並み消え去り、文化経済の中心としての東京が揺らぎつつあるような、そんな感じがする。

「僕はトンボに付き合って見てたぐらいだけどさ、テレビも寂しくなったよねぇ。あのヘビの事があっても過剰反応しすぎにも思えるけど、この国の首都圏ってこれまでほぼ被害受けた事なかったんだっけ？」

「うん、千葉でちょこっとあったりもしたけど、あんなに東京の近くではなかったはず」

とマーズには言いながらも、正直俺もそこまで詳しく覚えているわけではない。人は大学受験が終われば、中学高校で学んだ事はどんどん忘れていくものなのだ。

「まぁ安全神話ってのも過去のものになるから神話なんだよね。東京《このまち》も人が減ってちょっとは過ごしやすくなるんじゃない？」

どこか気になるところがあったのだろうか、茶トラの毛皮を撫《な》でつけながらマーズが言う通り……たしかに日本の首都圏から外資企業が撤退していくのと同時に、一部の日本企業やそこに雇われていた人たちも東京を去っていた。

大学で同じ講義を受けていた人も、親と一緒にこれまで一度もダンジョン災害を受けた事のない京都の方に引っ越していったらしい。なんというか、キラキラした東京に憧《あこが》れて出てきた身としては、少しばかり淋《さび》しいという気持ちもあった。

「俺はやっぱさぁ、東京から人が減るのは淋しいな」

「トンボは淋しいなんて言うほど人と関わってないっしょ」

そう言いながら戻ってきた姫はシエラの前にカレーを置き、一緒に持ってきたらしいシューアイスの袋を剥《む》いた。まぁ、そう言われればそうなんだけどね。

「ま、難しい事は政治家にでも任せてさ、せっかく東京から人が減ってるんだからどっか遊びに行かない？　いつも混んでるとこでも、今なら並ばずに済むかもしれないでしょ」

「あ、たしかにそれはいいな。シエラに東京案内してあげたいし」

そう言いながらシエラのふわふわの頭を撫でると、彼女はカレーのスプーンを咥《くわ》えながら、モフモフの右手をビシッと上げた。これは行きたいって事でいいんだろうか？

「僕もダンジョンと会社ぐらいしか行ったことないよ」

「じゃあ、あそこ行こっか。トンボの地元のネズミーランド」

「あそこは一応東京って名乗ってんだから、別に東京枠でいいじゃん」

あと、東京から人は減っても、あそこは死ぬほど混んでそうな気がするな。

結局賛成票一、反対票ゼロで冬の行楽はネズミーランドに決定し、俺たちはクリスマスのイルミネーションが光る夢の楽園へと遊びに行ったのだった。

東京中の人が来てるんじゃないかってぐらい人の多い園内で、凍えながらアトラクションを待ち、泣けるほど高い飯を食ってピッカピカのパレードを見た。そうして楽しんで帰ってきたその直後に、俺たちは予想もしていなかった方向からぶん殴られる事になるのだった。

◆

「え？　動画サイト？」

「そうなの、見てよこれ！」

楽しく遊んで帰ってきた後の１ＬＤＫで、頭にネズミのカチューシャをつけたままの姫が指さしたテレビには、超有名ニュースサイトのトップ記事が表示されていた。その見出しは『大陸間弾道ミサイルか？　川島総合通商と防衛省が兵器製造の疑惑』というものだ。

「これ記者の調査とかじゃなくて、動画サイト発の情報なんだって」

「ええ……こんなでっかいニュースサイトが、ネットの動画なんか鵜呑《うの》みにして記事にするんだ……」

姫の操作で分割されたテレビ画面の一角に、超大手動画サイトである『Tube Streamer』が開かれると……ちょうどその一番上に件《くだん》の動画がオススメ表示されていた。図らずもうちの看板商品になってしまったふりかけの画像と並べて、ミサイルの画像が配置されたサムネイルには、いかにも視聴者の興味を引きそうな文言が書かれている。

「一応表に出てる情報だけで構成されてて、後は推測って感じなんだけど、結構痛いとこ突かれてるわ。そうか、川島ポイントアプリの線から予想して組み立てたんだ……」

再生の始まった動画を見てみると、なるほど何も知らない人が見れば筋が通っているように思える。自衛隊ＯＢの川島への入社、これまでしてこなかった他企業との提携、実際は以前からやっていたのだが……急いで始めたようにも見える魔物素材買い取り、そして一気に市場から姿を消した魔鋼素材。それら全てを絡めた、ある意味陰謀論とでも呼ぶような邪推の塊が、その動画だった。

姫はそれを見ながら、珍しく頭を抱えていた。

「これはねぇ、この動画の投稿者にバックがいないのが逆に問題というか……脅しをかける先がないんだよなぁ。これだけ話題になってるいち個人を今のタイミングで無理に潰《つぶ》すと、逆にそれが違和感になって多くの人の記憶に残っちゃうし……」

「まぁでもさ、こっちは別に悪い事してるわけでもないんだし、ほっとけばいいんじゃない？」

買ってきたお土産を早速開けて食べながらマーズは言うが、姫の顔色は変わらないままだ。

「それで鎮火する時もあるけど、そうでもない時もあんの。とにかく、問題なのは政府と自衛隊の連中。あいつらは面子《めんつ》で飯を食ってるから……それが損なわれる事態になったら、姫が弱み握ってる個人をバッサリ切ってでも川島から手を引きかねない」

今更外国行くってのも面倒なんだよねぇ……とこぼしながら、姫はマーズとシエラに食い尽くされそうなお土産のクッキーを摘《つま》む。

「一応記事は数日経ったら潰せるし、動画もアルゴリズムいじって表示されにくいようにはしてみるけど……これの対応はちょっと運も絡むと思って」

「いや、姫がやって駄目なら他の誰にも無理だと思うよ。ありがとうね」

俺がそう言うと、姫は片目をつぶったなんだか微妙そうな表情で、ポイッとこちらへクッキーを一枚放《ほう》ったのだった。

◆

そんな姫の言っていた『運の絡む状況』の結果というものは、思っていた何倍も早くやってきた。

『川島は人殺しのためのロケットを作るのはやめろ‼』

『軍拡反対！　増税反対！』

なんと、あの動画と記事を真に受けたとある団体が、年末のデモの文言にうちの社名を入れやがったのだ。

別にデモぐらいは平和な首都圏では休日になれば行われている事で、普段は特に気にしている人間もいなかったのだが……以前とは質の違う問い合わせの電話がバンバン来てしまった事もあって、社内の空気も悪くなったのか、川島総合通商のアルバイトが二名ほど辞めてしまったのだ。

「じ、実害が出てる……」

年の瀬に行われた定例会議の場にて、飯田さんからそれを告げられた俺は……家に帰ってくるなり頭を抱え、コタツにつっぷしてしまっていた。

「一応本人たちは、辞めるのはニュースとは関係ないって言ってたんでしょ？」

「それはそうだけどさぁ」

猫のマーズはクールにそう言うが、どちらにせよ悪影響は出ていると思う。もしうちが上場してたらきっと株価はガタ落ちしていたに違いないし、今日行った社内の空気もなんとなく重苦しいものだった。

俺が思っていた以上に、会社の評判というのは中で働いている人にも影響を与えるのだ。辞めていったアルバイトの二人は、俺がもがきにもがいてようやく来てもらった二人だった。もしあのデモのせいで、会社の空気が悪くなって辞めてしまったとするのならば、なんだかあの二人にも申し訳がなかった。

「トンボ、元気出せ」

シエラに脇腹を指でつつかれるが、沈んだ気持ちはなかなか持ち上がらない。俺はもう川島総合通商を、作ろうと思って作った会社ではない、なんて風には思えなかった。

こうして外から叩かれてようやくわかったが……俺はあの会社が好きだ、そして会社にいてくれる人たちも好きなのだ。

だけど、その人たちを守るためにどうしたらいいかわからない。そんな自分の無力さにウジウジとしていた俺の耳に、ずっと黙っていた姫の声が響いた。

「話ついたわ。打って出る？　打って出るよ」

俺が顔を上げると、コタツの向こう側で腕を組んだ姫は不敵に口角を上げた。

「デモへの抗議デモでもやんの？」

「違うよん。うちはそもそもやましい事してないわけだから、全部公開すんの。作ってるのはＩＣＢＭじゃなくて宇宙船だって事をね」

「じゃあ、川島アステロイドの計画内容も？」

「そ」

姫は組んでいた腕を解《ほど》き、テレビを指で差す。そこには、川島アステロイドの立派な紹介ページが表示されていた。

「川島は宇宙開拓をマジでやるって事を、世界に公開します。根も葉もない噂ってのは、答えを示してあげればある程度収まるもんだから」

「それはいいんだけどさ、それだとまたあのロボットの時みたいに、問い合わせがめちゃくちゃ来て窓口に負担がかかるんじゃあ……」

「それに関しては一旦《いったん》電話の窓口閉じるわ。基本メールを主体にして、関係ないのはフィルターで弾《はじ》く」

「それはめちゃくちゃありがたいよ……」

ぶっちゃけこれ以上退職者が出るのが怖い俺は、本気でほっとしたのだが……姫はそんな俺に、笑顔で爆弾を手渡したのだった。

「あと自衛隊のドローンの件は、うちと小口配送業務の試験運用で提携してたって話で纏《まと》まったから」

「えっ、小口配送……？　ポイントのサービスとはまた違うの？」

これまでのドローン配達というものは、川島ポイントで物を買う時に使える、オプション配送サービスという位置づけだった。

「それとは違ってマジのＢtoＢの小口配送。ほんとのドローン宅配便になるわけ」

「えっ、そんなのうちでやれるの？」

「大丈夫大丈夫、梱包《こんぽう》された物をピックアップして運ぶだけのサービスにするつもりだから、ドローンステーションを作るだけで運用できるよ。ダンジョンの中までやるとポイント集まらないから、あっちはこれまで通りポイント限定ね」

なんだかよくわからないが、既存のサービスとは棲《す》み分《わ》けができるって事だろうか？

「そのドローンステーションって？」

「まぁドローンの駐車場みたいなもんかな。計画書送っとくから、トンボは飯田にその話通して。ほぼドローンだけで完結する業務だけど、ちょっとは人員割《さ》いてもらう必要があると思う」

「わかった」

まぁ、姫のやる事だから間違いはないいんだろう。俺にできるのは、飯田部長に誠心誠意頭を下げる事だけだ。

「色々バタバタ決めちゃって悪いけど、ここがこの会社にとっての正念場。こういう時は一気に動き出してデカくなっちゃうのが一番いいの」

「まぁそうだね」

マーズにはそこのところがわかるらしいが、俺はイマイチ姫の本意を掴《つか》みかねていた……だが、姫はそんな俺を見据えて、こちらの鼻先にピンと指を立てて説明を加えてくれた。

「いいトンボ、転がる岩ってのは止めらんないの。たとえ政府や自衛隊がビビって芋引こうとしたって、転がる岩からは抜けらんない。抜けても、後ろから来る岩に潰されるだけだから」

「うん」

「組織ってのはそうやって周りをどんどん巻き込んで転がれば、どこかで止まるまでは手がつけられないぐらい強くなる。そうすれば、川島総合通商は動画一本で揺らぐような組織じゃなくなる」

彼女は温度の低い手で、俺の手を握った。

「トンボはあの会社が好きなんでしょ？　それに会社だけじゃなく、中で働いてる人たちも」

「うん」

「姫もね、経験あるから気持ちはわかる。そんな会社のために、トンボも何かしたいって思うかもしれないけど……」

「う、うん……」

「今のところは、ドーンと姫に任せといて！」

姫はそう言いながら、トントンと拳《こぶし》で自分の鎖骨のあたりを叩《たた》いた。

「トンボはねぇ、まだ前に出ないほうがいい。あんたうちの最終兵器だけど、一番の弱点でもあるんだから」

弱点……まぁそうか。

ガクッと肩を落とした俺の足を、マーズの小さな脚がトントンと叩く。

「マジだからね。トンボがいなくなったら、全員この星から帰れなくなっちゃうんだから。ぶっちゃけ外では、お飾り社長の演技してるぐらいで全然いいからね」

「うん」

演技するまでもない、とは言わないが。そこはあんまり心配しなくていいところだろう。会社の人も、多分会社の支配者は副社長だと思ってるだろうし、実際そうだ。

「トンボ、飾り？」

脇腹をつつかれながらシエラにまでそう言われて、俺は手を上げたまま後ろにバタリと倒れ込んだ。

まぁ、今は駄目駄目でいいとしても……いつか前に出て実力を発揮する日が来た時のために、ちょっとぐらいは頑張っておこうか。

俺は最近サボっていた簿記の教科書を取り出し、寝転んだままそれを読み始めたのだった。

◆

どんな状況だろうと、年の終わりはやって来る。そして、仕事や学業にゆとりができる年末年始は実家でゆっくり過ごす、という人も多いのではなかろうか？

俺は去年埼玉でダンジョン災害があった関係で、うちの親から「今年は絶対に顔を見せなさい」と厳命を受けていた。もちろんその後に続いたのは「マーズくんとユーリちゃんを連れて」という文言だ。

まぁ、会社はちょっと大変なところだが、年末年始ぐらいのんびりしたって罰は当たらんだろう。

というわけで、またもやタクシーを使って帰ってきた引き戸の実家。そこでわんさと料理を作って待ち構えていた父と母は……新顔である犬のシエラに、骨抜きにされていたのだった。

「シエラちゃん、落花生食べる？」

「食べる食べる」

同居人が増えたから一緒に連れていく、と事前に言っていたという事もあるが……うちの両親はちょっと物わかりが良すぎるのかもしれない。どう考えても謎だらけのシエラは、特に突っ込んだ事情を聞かれるわけでもなく、マーズの親戚《しんせき》として普通に千葉の川島家に溶け込んでいた。

母に食べ物を貰《もら》ってはギャワッと喜び、父に毛を撫《な》でられても大人しく座っている。大の猫派だと豪語していた父も、いつの間にやらすっかり犬派に鞍替《くらが》えしたように見え、デレデレした顔で母と一緒にシエラを構いつけていた。

「トンボんとこは毎日楽しそうやなぁ。母さん、やっぱりうちもまた猫か犬かお迎えしようやぁ」

「前のまぁちゃんが死んでから、もう金輪際いいって言ってたのはお父さんでしょ」

「そらまぁ、あの時はそう思ったからなぁ……」

父と母の相手はシエラに任せ、俺とマーズは酒を飲みながら、なんだか例年よりもひな壇の人数が少ない気がする大晦日《おおみそか》特番を見つめていた。ちなみに姫と妹の千恵理《チエリー》の二人は、近所に買い物に出かけている。

ぽかぽかと日が差すリビングにＢＧＭのように流れる両親の穏やかな話し声に、見た事のない食べ物にはしゃぐシエラの声。そんななんともマッタリとした空気のリビングに、テレビからあるＣＭが流れ出した。

『……窓から窓へ、心を繋《つな》ぐお手伝い。人と宇宙を繋ぐ、川島総合通商です』

「おっ！　流れた！」

「もう何回も見てるでしょ」

「いやいや自分のとこのＣＭだよ？　何回見たっていいよ」

あの日の「ドーンと任せて」の言葉通り、姫はドーンと動いた。

ドローン配送サービスのＣＭを即日作り、ちょうどスポンサーが離れて寂しくなっていたテレビ局に売り込んで流しまくったのだ。いかにもＢ to Ｂ向けといった感じの、中身がふわっとしている割にカチッとしたそのＣＭは、とても姫が一晩で編集した映像とは思えない出来だった。

「ユーリちゃんは凄《すご》いなぁ。夏来た時はちいさい会社ですぅ言うてたのに、もうこんなＣＭまで流れとるんやからなぁ」

「ほんとにねぇ、トンボの就職まで面倒見てくれて……ありがたいねぇ」

父と母からすれば『川島』と名が付いていようが、息子の会社というよりはユーリちゃんの会社という感覚なのだろう。まぁたしかに、姫がいなきゃ一日だってまともに回らない会社であるのは間違いないけど。なんとなく釈然としない気持ちもあるにはあるが、ムキになって訂正するような事でもない。

そんな事を考えながら、マーズもやっているスマホゲームのＣＭを眺めていると……隣に寝転ぶマーズの尻尾《しっぽ》が、コタツの中で俺の足をポンポンと叩いた。

「そういやトンボ、なんか荷物持って帰るって言ってなかった？」

「あっ、そうか。俺が昔使ってたゲーム機、姫が一応持って帰ってって言ってたっけ」

「忘れたら怒られちゃうよ、今からでも鞄《かばん》に入れといたら？」

「うー……でもコタツから出たくないなぁ」

「このままお酒飲んでたら忘れちゃうんだから、行ってきなよ。ついでにビールも二、三本取ってきて」

それは自分がビールを取りに行きたくないだけだろ、と思いつつも……コタツに根を張りかけていた尻《しり》をよっこいしょと持ち上げると、マーズは「いってら～」と小さな肉球を振る。

床の冷たさに足を震わせながら廊下へ出ようとした俺に、両親に構いつけられていたシエラが顔を向けた。

「トンボ、どこいく？」

「部屋だよ」

「シエラも行くぞっ」

「別にいいけど、なんにもないよ」

そう言っても付いてきたがるシエラを連れて二階の自室に向かうと、そこにはマーズとシエラのための客用布団が用意されていた。

姫は千恵理《チエリー》の部屋に泊まるそうだが……この調子だと、シエラもそっちに連れていかれそうな気もするな。

「あー、埃《ほこり》が凄い……」

俺がベッドの下から埃まみれのプラボックスを引き出すと、隣で見ていたシエラがくちんと小さくクシャミをした。

中学の頃に聞いていたラジオ番組のステッカーが貼られたボックスの蓋《ふた》を開けると、中には今や懐かしく感じるような過去の宝物が沢山入っている。

パーツの欠けたプラモデル、変身ヒーローのベルト、友達と行ったライブチケットの半券、充電池がヘタってしまったオーディオプレーヤー。それらを懐かしく眺めていると、俺の肩の後ろからシエラがフンフンと鼻を鳴らしながら覗《のぞ》き込んできた。

「これなんだ?」

シエラが短い指で差したのは、カラフルなブリキ缶だ。

「お菓子の懸賞で当たったオモチャだよ」

「これは?」

「ドラムスティック、練習した事ないけど」

「これは?」

「デジカメだよ。あ、そういや昔のデータまだ残ってるのかな?」

俺は高校の修学旅行に持っていったカメラを取り上げて、記録カードを抜き出した。後でスマホにでも移しておこう。

「それなんだ?」

そう言いながら、シエラは鼻をフンフン鳴らしてカードに顔を近づける。

「これに昔の俺の写真が入ってるんだよ」

「昔のトンボ？」

「そうそう」

そういえば、シエラはまだ生まれたばかりの赤ん坊みたいなものか。昔と言ってもピンとこないのかもしれない。

「電池残ってるかなぁ……」

俺はベッドの上に放り出されていたテレビのリモコンから電池を抜くと、記録カードを戻したデジカメに入れる。電池の中身はギリギリ残っていたようで、乾電池型の残量インジケーターは三分の一を示していた。

「ほら、昔の俺」

デジカメの画面には、修学旅行で東京へ行った時の俺と友達が表示されている。今はまだあんまり懐かしくも感じないのだが、いつかはこういう写真も貴重に思えるような日が来るのだろうか。

「トンボだ」

「そう。カメラって、こういうものを残しておけるんだよ。シエラも写真を撮ってみる？」

「うんっ」

「じゃあこのカメラ……シエラは欲しい？　欲しいならあげるけど」

「ほしいほしい」

「じゃあ、後でデータだけ吸わせてね」

そう言ってシエラにカメラを手渡すと、彼女はそれを上にしたり下にしたりして興味深そうに眺めている。

その間に、俺は俺で携帯ゲーム機とその充電器を探す。ゴチャゴチャに物が詰め込まれている箱からなんとか本体とソフトを探り当てて、床に尻をつけて一息ついた。

「ようやく見つけたよ」

「これ、どうやって使う？」

「それはね……っておわぁ‼」

俺は思わず大声を上げ、ゲーム機を放り投げてしまった。

……何気なく顔を向けた先のシエラは、犬の姿から人の姿に変身していたのだ。当然、その姿は裸だ。

俺は親が用意してくれていた布団を、すぐにシエラに被《かぶ》せた。

「なんで変身してんの！」

「指、届かない」

たしかに、犬の手ではカメラは扱えなかったかもしれないが……。

「外で変身しちゃダメでしょ！」

「ここ、おうち」

「とにかくすぐ戻って……」

「トンボあんたうるさいよ！　……って、その子誰⁉」

結局、俺の大声を聞きつけた母が部屋に入ってきて、大変な事になってしまった。

見た目子どものシエラが裸でカメラを持っていた事もあり……俺は親からとんでもない性癖を疑われるという、冷や汗ものの体験をする事になるのだった。

まぁ、そんな大混乱も夜までには落ち着き……姫が買ってきた鳥肉で美味《おい》しい鍋《なべ》で日本酒をやって、歌番組を見ながらカップ麺《めん》の年越しそばを食べ、迷暦二十二年の大晦日はのんびりと過ぎていった。

そして姫とシエラを千恵理《チエリー》の部屋に送り出し、俺は自分の部屋でマーズとごろ寝をして迷暦二十三年の元旦《がんたん》を迎えた。

親が俺にはくれなかったお年玉を、なぜか千恵理《チエリー》とシエラには与えていた事にはなんとなく釈然としないが、まぁいいだろう。そんな不公平なお年玉の儀の後、東京に帰る前に実家の近所の神社に初詣《はつもうで》をする事になったのだが……。

「どーよトンボ、姫ちゃんの着物姿は？」

「いや……凄く綺麗《きれい》です、はい」

「ふふーん」

「やっぱり外人さんが着ると全然違うわねぇ」

「凄い凄い！　ユーリちゃん写真撮ろっ！」

なぜか姫は、うちの母が昔着ていたという着物を着せられていた。

まぁたしかに姫はすごい美人だから、色々着せたくなる気持ちはわかるんだけど……まだ会うのも二回目だというのに、うちの家族はちょっと気安すぎるような気もしないでもない。

と、まぁそんなキラキラしたお姫様をエスコートして、やってきた地元の神社はなかなかに混雑していた。三年ほど離れていたうちに地元もグローバル化が進んだのか、以前は見なかった異世界人の人たちもちらほらいるようだ。

「去年行った東京《あっち》の神社よりは人が少ないね」

「まぁちゃん去年はどんな感じだったん？」

「去年はねぇ……たしかトンボが節約節約って言いながら、率先して屋台の食べ物食べてたよ」

まぁあの頃は本当に金がなかったからな……今は姫のおかげで、出店の食べ物ぐらいには困らなくなった。だから隣を歩くシエラも、イカ焼きとフランクフルトを両手に持ってニコニコ笑顔で参拝できているわけだ。

「なんだっけ、神頼みするんでしょ？　トンボは何お願いするわけ？」

「俺はみんなの健康かな」

「じゃあ僕もそれ」

「姫もそうしよ」

神様とかを全然信じていない二人は、俺の案に全乗っかりだが……まぁ別に悪い事じゃないし、家族皆で願うならそれでいいのかもしれない。

健康は実際大事だしな。

「神頼み？」

ただ一人、シエラだけがきょとんとした顔でこちらを見上げていた。

「あー、この神社にはね、神様がいるから。年始のご挨拶《あいさつ》と一緒に、ちょっとしたお願い事をするんだよ」

「そうなのか。どの神？　ウルティラ？　イージーハース？」

「それって異世界の神様？　違うよ、ここにいるのは日本の神様」

「誰？」

「え？　誰だっけ……？」

慌ててあたりを見回すが、人が多くて立て看板等も見えない。ちょっと恥ずかしかったが、俺はシエラに素直に「わかんない」と答える。

「知らない神様にお願い？」

「そんなもんだよ。そもそもちゃんと興味あるなら、神社も年に一度じゃなくてちょくちょく行ってるでしょ」

「いや、おっしゃる通りで……」

可憐《かれん》な着物に身を包んだ姫に嗜《たしな》めるようにそう言われ、俺は何も言い訳ができなかった。別に信心深いって方でもないが……地元の神社の由縁ぐらいは、今度ちゃんと調べておこうかな。俺は神社に向かって手を合わせながら、願い事もそこそこに、そんな事ばかりを考えていたのだった。

そんな初詣の後は母と妹が大張り切りでシエラを近所のショッピングモールへと連れていき、俺の財布で彼女が人間形態の時に着る服をしこたま買い与えた。そのせいで空っぽになった俺の財布と正反対に、帰りのタクシーは荷物でぎゅうぎゅうになってしまったが……まぁ、少しは親孝行になっていればそれでいいかな。

なんて事を考えながら、俺はタクシーの後部座席から絶え間なく聞こえてくる皆のおしゃべりを、聞くともなしに聞いていたのだった。

◆

川島アステロイドの事業内容を公開し、川島総合通商自体のＣＭも大々的に打った。その効果は劇的！　とは言わないまでも……そこそこにはあったようだ。

宇宙系のニュースサイトなんかには記事も載り、テレビ番組でも取り上げられる事もあった。ドローンの配送サービスも利用する企業がちらほらと現れ、うちのドローンは東京の空を飛び回るようになった。

少なくとも、以前のような「何をやっているのかわからない怪しい会社」という状態ではなくなったはずだ。自衛隊への誹謗《ひぼう》中傷も、川島を軸にしたものは少なくなったように見える。

だがしかし……会社を取り巻く状況は、実際にはあまり良くなっていなかった。

「なーんでこれで逆に盛り上がるのかなぁ……」

『川島総合通商は異世界からの侵略者の手先⁉　ポピニャニアの正体に迫る！』

火元はいつもの動画配信サイト、Tube Streamerだ。どうも、今度は川島の提携企業であるポピニャニアインダストリーの線から作られた動画らしい。

『川島総合通商は異世界のポピニャニアという国のカバー企業で、日本への侵略の足がかりになっている。川島の宇宙開発に関わる特許技術は全てポピニャニア由来のもので、本当の目的は隕石《いんせき》の採集ではなくそれを地球へ落とす事だ』

そんな半分真実を言い当ててしまっているような動画の再生数のカウンターは、公開されて数日しか経《た》っていないというのに凄《すご》い回り方をしていて……SNSやニュースサイトなんかでも、最新の都市伝説のような感じで俄《にわか》に盛り上がりを見せているようだ。

うちの実家で貰《もら》ってきた土鍋《どなべ》を使った、つくね入りのきりたんぽ鍋を夕食に取った後、俺たちはみんなでその動画を眺めていたのだった。

「もしかしたらさ姫、ポピニャニアって名前が、地球人にとって耳馴染《みみなじ》みがなかったせいじゃない？」

「うーん、これぐらいはいけると思ったんだけどなぁ……」

まぁ、宇宙人の感覚だとそうなのかもしれないが、実際地球人からすればちょっと……いや、かなり怪しい感じだ。と、いうよりは……本当はそういう部分は、俺が地球人としてしっかりバランスを取るべき事だったのだろう。

「やっぱり動画を消したりするのはまずい？」

「それは本当の初期消火以外ではやっちゃダメ。いくらこういう原始的な星のネットワークでも、ローカル環境全てにはアクセスできないんだから」

姫は手でバッテンを作りながらそう言った。

頭では姫の言う事が正しいというのがわかってはいても、やはり「火の根本から断ってしまえば」という気持ちは残るもの。やっぱり俺はこういう、感情を殺して繊細な舵取《かじと》りをするって事には向いてないなぁ。もし自分でやろうとすれば、即今以上の大炎上に繋《つな》がってしまうに違いない。

「一応こういう動画や憶測記事に対しては今弁護士が動いてくれてるから、開示請求が通り次第訴訟に入れば大人しくはなるだろうけど……やっぱこういう話が出てくるってのは、まだまだイメージ戦略が不完全だって事なんだよね」

「イメージの話なの?」

「イメージの話だよ。ここぐらいなら叩《たた》いても大丈夫だってイメージと、ここを叩けば飛びつく連中がいて金になるかもってイメージが重なってこういう事が起きてるわけ」

「うーん、せっかくCMでまっとうな会社ってイメージをつけたと思ったのに、難しいなぁ……」

そう言いながら、俺がコタツの天板に顎《あご》を乗せると、姫の滑らかな指先がそのほっぺたを突いた。

「それなんだけどさぁ。トンボ的には、川島ってあくまで日本っぽいまっとうな会社じゃなきゃだめ? もしそうじゃなくていいなら、今って実はイメージを大きく変えるチャンスだよ」

姫はそう言いながら、俺の頬を突いたままの人差し指の先をぐにぐにと動かす。

「と言うと?」

「あのね、こうして謎の企業としてコンテンツにされるぐらいの知名度があるなら……こっちからもっとそういう情報を開示して、イメージを固定してやればいいの。それだと川島がまともな国内企業じゃないってイメージはつくけど、それはまっとうな企業っていうイメージと両立できない事じゃないから」

「つまり……宇宙由来の技術をオープンにしていくって事?」

「そっ。自動車技術だって、コンピューター技術だって、この国にとっては黒船だったわけでしょ? なら川島の持ってる宇宙の技術だって、便利で儲《もう》かるものなら黒船として受け入れられるはずだよ」

はっきり言って、俺にはそこの判別はつかない。ただ、姫がそう言うならそうなんじゃないかと思うだけだ。そして、こういう時に決断を下す事こそが、俺の川島総合通商社長としてのほぼ唯一の仕事だった。

「わかった、やろうか」

「オッケーオッケー、やる事は簡単。民間にも宇宙製の商品をどーんと売ってやればいいの。もちろん、ふりかけとかと同じで量産しやすいものだけね」

「でも、そんなの捌《さば》くマンパワーないんじゃない？」

マーズがそう言うと、姫は「だいじょーぶ」と胸を張って頷《うなず》いた。

「今なら外資系の撤退で手が空いてる商社も多いから、そういうところに委託できる。商品は川島の一部を生産工場にして、そこには幹部だけ入れるようにすればいけるよん」

「幹部が入れるところに工場を作るって事は……」

「そ、どうせ宇宙船が完成したらもう公然の秘密になるわけだから、川島の幹部はもう一蓮托生《いちれんたくしょう》。クマさん周り丸っと抱き込も」

姫はそう言って、シュポッと音を立てながら会社のスケジュール管理アプリに緊急会議の予定を入れた。ぶっちゃけ今更副社長たちが実は宇宙人でしたって言われても、阿武隈《あぶくま》部長たちもあんまり驚かないかもしれないけどね。

「うちの部長たちが仲間になってくれたら、正直頼もしいけど……いいの？　阿武隈の姉さんの部署は国の人員相手にしてるんでしょ？」

「宇宙船の図面出してる時点でもうバレてるようなもんなんだから、そこは別にいいの。日本が極端に事なかれ主義なだけで、他の国からは一緒に組んで宇宙に国を築きましょうとか、領地やるから亡命政権立てないかとかガンガン言われてんだから」

そ、そうだったんだ……。

「どちらにせよ、転がりだしたら技術の特異性で全部バレるし、それコミで世界を動かさないと太陽系から出る前に寿命で死んじゃうよ」

「まぁ、たしかにね……」

これまでの地球の宇宙開発の速度を見てると、俺が死ぬまでに有人飛行で太陽系を出るなんて、とても思えないし。

「ぶっちゃけ一番手っ取り早いのはさっさと宇宙船飛ばしてさっさと小惑星を捕まえる事なんだけどね……実際に社会に対する利益が出れば、それが追い風になってどんどん後に人が続くから」

「なるほど」

「そのためにも、なんとか早めに素材を集めきっちゃいたいんだよねぇ」

顎に手を当てて悩む姫を見て、マーズは俺に向けて肉球をわきわきと動かした。

「トンボ、アレは？　異世界の毛生え薬。ああいうの景品にしたら、もっと集まるんじゃない？」

「ぶっちゃけ全然交換されてないから余ってるけど、薬って扱いがめんどくさいんじゃなかった？」

「対象者を絞ってさ、薬って言わなきゃいいじゃん。髪の毛が生えるおまじないって言って、希望者呼び出して頭に塗れば？　冒険者ってさ、ヘルメット被《かぶ》ってるからか髪の毛薄い人が多いし」

「そんな事やっていいのかな？」

「売るわけでもないからいいんじゃね？　なんかこの星だと髪の毛の問題って結構深刻みたいだし、意外と需要あるかも」

この時点では、はっきり言って会社のイメージ向上計画のサブプランだった増毛のおまじない。姫が口に出した意外な需要というものの答えが出るのは、なんとこの日からわずか一ヶ月後の事になるのだった。

# 第四章【増毛と猫とコネクション】

「つーわけであたしと専務は、人がすでに宇宙進出を果たした場所から来たわけ。この星の人からすれば、映画とかに出てくる宇宙人と同じって事になるかな」

「……はぁ」

「そうだったん……ですね」

会社で行われた緊急の会議。そこに、会社の誰も実物を見たことのなかった謎の副社長が現れ、自らが宇宙人であると宣言する。こんな事って、世の中にはそうないはずだ。

だからこそなんというか、もうちょっとぐらいはいい反応を期待していたわけだが……部長たちは、なんだか困ったような様子で顔を見合わせるだけだった。

「まぁ、なんとなくはそう思っていたというか、なんというか……」

「ぶっちゃけ地球人からすれば、異世界人も宇宙人も変わんないですからね」

「ねぇ、マーズくんのとこは地球より文明進んでるんだろうなってぐらいに思ってました」

会議室にいる飯田、阿武隈両部長と、吉川課長はそう言って苦笑するだけだ。唯一宇宙大好きな雁木《がんぎ》さんだけが目を輝かせていたが、それはもう個別に副社長へ質問メールでも飛ばしてもらおう。

「まぁ、バレバレだったかもしれないけど、今こうしてきちんと打ち明けたのには理由があるの」

「理由ですか?」

「そう、そろそろ川島総合通商でも大っぴらに宇宙の商品を扱っていこうと思っててね。その件で迷惑かけるから、こうしてちゃんと説明に来たってわけ」

と、そう姫が打ち明けたところで、初めて会議室に緊張が走る。

とはいえ、人に何かを伝えるという事において、宇宙一のアイドルだった姫よりも優れた人はいないわけで……恐らく彼女が最もその能力を発揮できる対面という状況で、微に入り細を穿《うが》つ説明を受けた役職者たちは、全く反発無くその計画を受け入れた。

というか、多分これは姫一流の新米社長へのレクチャーだったのだろう。こういう風に計画を説く、という最高の教材を見せられ、俺は何もしていないのになんとなくプレゼンが上手くなった気がしていたのだった。

◆

そんな会議から丸一ヶ月が経ち。

色々と計画は動いているが、まずは物や環境を整えていかなければならないものばかり。そんな中で「現物があるなら」と、毛生え薬を使ったポイントサービスは他に先行して始められた。

するとそのタイミングで、買い取り担当者がびっくりするほど、ドカッと素材を納品してきた者たちがいた。しかも一つのパーティだけじゃない、三つのパーティが競うようにして納品してきたそうだ。

一つの納品者はスキンヘッドの、いかにもいかつい中年冒険者の率いるパーティ。もう一つはなんだか違和感のある髪型の、線の細いイケメン冒険者が率いるパーティ。そして最後の一つは、四人の美女を引き連れた、真夏でもニット帽を被っている柔和な大男が率いるパーティだ。

その三パーティは『増毛祈願（おまじないです）』というふざけた商品が川島アプリに追加された途端、脇目もふらずにポイントを貯め始めたのだ。そしてあっという間に安くはないポイントを稼ぎ上げ、三組がほぼ同時に増毛祈願を申し込んできたのだった。

都心からはそこそこ離れた川島総合通商の新本社、その会議室で俺とマーズとシエラは毛生え薬と道具を用意して待機していた。

「しかし増毛祈願だなんてさ、受ける側も怪しいと思わないのかな？」

「そりゃあこれまでうちの会社が築き上げた風評ってやつじゃない？　川島なら何があってもおかしくないと思わせるだけの事をしてきたし、なおかつもっと思ってもらわなきゃいけないわけでしょ？」

「じゃあこれが上手くいったら、もっと風評が生まれるって事？」

「そうなったら、トンボの仕事は社長じゃなくて薬塗り係になっちゃうかもね」

「うへぇ……」

そんな話をしていると、会議室がノックされた。

「どうぞ」

「失礼します、本日おまじないを受ける方をお連れしました」

そう言って入ってきた総務部の社員が連れてきたのは、冒険者の三人だ。

バケットハットを被ったムキムキの冒険者は興味津々といった様子で、違和感のある髪型をしているイケメンはなんだか縋《すが》るような目つきで、ニット帽を被った大男は苦笑を浮かべながら、全員がこちらを見ていた。

別にやるのはそれぞれ別日にでも構わなかったのだが、どうも三人ともそのパーティごと知り合いらしく、なんならポイント稼ぎを合同でやっていた日もあったらしい。まぁ、お互いに情報は表に出さないという契約書を交わしているので、三人同時でも問題ないと言えば問題ない。

「ようこそいらっしゃいました、社長の川島です。本日はこちらでおまじないをやらせて頂きます」

「おっ、よろしく」

「よろしくお願いします」

「うん……」

挨拶《あいさつ》もそこそこに、俺が「では、お帽子をお取りください」と言うと、全員が頭に被っている物を脱いだ。そこにあったのは、あるべき生え際の部分に幅広のマスキングテープで線が引かれた、それぞれの禿頭《はげあたま》。中には部分的に髪が残っている人もいたが、それは事前に剃《そ》ってきてもらっていた。

「皆さん、マーキングはしてきて頂けたようですね。ありがとうございます」

「社長さんよぉ、こんな事させるぐらいなんだから、期待したっていいんだよな？」

「それは体質によりますから。ただ今のところ、受けた全員が一日で産毛までは生えています」

「そりゃあいいや」

俺たちだって、別にぶっつけ本番でこの企画を立ち上げたわけじゃない。錬金術師に手紙を送って追加で情報を聞き出したり、社員の身内などで極秘裏にテスターを募りテストをしたりして、毛生え薬のだいたいの使い方は確立しておいたのだ。

そうして固まった仕様では、補魔剤《マナポーション》を少し混ぜた毛生え薬を一時間おきに六回塗れば、毛根の死滅した場所にも毛が生えるという事がわかった。ただ一つだけ問題があり、それは毛が生えすぎるという事だった。

塗るのを被験者自身に任せた初回の実験では、たっぷりと薬を塗りつけたおじさんの耳の裏にまで毛が生えてしまったのだ。本人は「脱毛サロンにでも通おうかな」となんだかまんざらでもない感じだったが、失敗は失敗。

そのため、次の実験からは被験者に毛の境界線にマスキングテープを貼ってもらい、その上から養生用のビニールシートを貼る事で不要な毛を生やさないようにしていた。なんだか塗装作業でもやっているみたいだが、まぁいずれもっといい方法を思いつくだろう。

「じゃあ、早速始めていきますね」

「はいはい」

「お願いします」

「お手柔らかにね」

俺とマーズと総務部のおまじない担当社員、その三人で生え際に沿って養生をやり、薬液をペタペタと塗りつけていく。一時間ごとに塗り足すので本当に一日作業になるが、まぁこの増毛のまじないはポイントも高いし、怪しいし……マーズが言うほどには予約が入ることもないだろうから、これから先は担当社員にお任せでもいいだろう。

途中食事等を挟みながらおまじないの時間は続き、気の早い冬の太陽が沈み始める頃には、三人とも頭にうっすらと毛が生え始めていた。

「おおっ！　白田《しろた》さん！　それ生えてんじゃない？」

「えっ？　マジ？　鏡ないか鏡？」

「スマホで撮ったげるよ」

三人ともお互いのスマホで頭を写真に撮り合いながらの大騒ぎだが……正直俺としては、三人とも同じぐらい上手く毛が生えて本当に良かったなという感じだ。これで一人だけ上手くいっていなかったりしたら、この三人の友情も破壊されてしまっていた事だろう。

「じゃあ順番にシャンプーしてくださいね」

「俺から行くぜっ」

いそいそと頭を洗い始めたムキムキの冒険者は、洗いながら何度も何度も頭を撫《な》でて、最後に顔を洗って手鼻をかんだ。

「よぉ、久しぶりじゃねぇか……毎日毎日野球やってた高校生の頃以来の感触だ……」

「ちょちょ、白田さん、鏡見てないで代わってよ」

「おっ、すまねぇ」

交代で洗面台に入ったイケメン冒険者は頭を洗った後鏡を見て、なんだか心底ほっとした様子で、直角に生えたもみあげを指でなぞった。

「さて、どうなるかな」

他の二人と比べてさほど髪の毛に執着がなさそうだった大男は、頭を洗った後ニコッと笑って鏡に写った自分の写真を撮った。

「これで娘に嫌われなくて済むかなぁ……」

「きっと大丈夫だよ伸子《しんし》さん」

「そうだそうだ、誇っていいよ伸子さん。その髪は誇りだよ」

なんだか、みんなそれぞれに色んな事情があるんだなぁ。

結局この日三人は大満足で帰っていき、川島総合通商には新しいサービスができ、俺には在庫としてダブついていた毛生え薬の在庫の処分先ができた。いい事ずくめだ、大成功だ。

なんて、そんな事を考えていたわけだが……やはり俺は、髪の毛というものに対する人間の執念を甘く見ていたのだ。

三人の頭を見た他の冒険者たちもポイント稼ぎに本腰を入れて、どんどんおまじないの予約を入れ始め……この流れがどんどん加熱していく事で、俺たちは後に大変な目に合う事になるのだった。

◆

とはいえ、俺たちも別にずっと毛生え薬にばかり関わっていたわけでもない。おまじない業務の立ち上げと並行して、宇宙技術商品を扱うための準備も行っていた。

会社の地下に宇宙の生産施設を入れるための事前工事の擦り合せや立ち会い、情報保持のためのセキュリティ面の更新。そして一番大切な、生産して公開する宇宙製品の選定。

もちろん一般社員に任せられる仕事は任せるが、そもそも役職者以外立ち入り禁止の場所を作るという計画のため、一般社員にはタッチできない事だらけ。となると、間違いなく一番暇な役職者である俺が全面的に動く事になり……毎日毎日とにかくやる事が多く、一番忙しい時期なんか家にも帰れず会社に泊まり込みの日々。

お飾り社長の俺の手がフル回転どころか、なんなら猫の手を借りた上で犬の手まで借りたい状況で……単純な力仕事やお使い、テスト作業なんかはシエラにまで手伝ってもらう始末。きっと大学が春休みに入っていなければ、まず間違いなく単位を落としていただろう。

そんな大変な目に合って、ようやく完全に生産施設を部屋に据え付けられたのは、毛生え薬のおまじないサービスが始まってから一ヶ月ほど後の事になった。

「いやー、大変だった……」

魔石や素材を使ってものを作る、サードアイ作りですっかりお馴染《なじ》みになった宇宙の全自動製造機械。その表面を手で撫でながら、俺は万感の思いを込めてそう呟《つぶや》く。

しかし、そんな俺の隣でプチシュークリームをパクついているマーズは、なんとも言えない不満そうな顔でこちらを見ていた。

「ていうかさぁ……途中から本気で虚しかったんだけど」

「え？」

「最初からこんな部屋作らずに、イメージ戦略なんか毛生え薬全振りでよかったよね」

「マーズ……それは言いっこなしだよ」

そう、毛生え薬だ。あのサービスの評判が、今とんでもない事になっているのだ。

きっかけはいつもの動画サイト……ではなく、インターネットの掲示板だったらしい。

『久々に会った冒険者のオッサンがフサフサになってたんだが……』

というスレッドが立ち、その二レス目に『川島じゃね？』というレスがついていたそうだ。

まぁ、いくら毛が生えた当事者を契約で縛っていても、わかる人には当然わかる。特にうちの会社は悪い意味で名前が売れまくっていた事もあり、スレはそこそこ耳目を集めたそうだ。

『おまじない』

『何がおまじないなんですかねぇ』

そんなレスばかりのスレがまとめサイトにまとめられ、そこで認知を得たせいだろうか……あのおまじないに申し込んでくる人が激増したのだ。

「会社的には全然ありがたいし、目的にも沿ってたんだけどさぁ……さすがに一気に予約が来すぎたよね……」

「俺がここんとこ忙しかったのも、間違いなく薬塗り作業のせいだしね……」

そして受けた人の数が増えれば、そこから噂は更に広がるもの。俺は飯田さんが調整をしておまじないの方に人を回してくれるまで、まるで何かのサロンの店員のように、朝昼二回登板で毎日毎日人の頭に薬を塗り続ける事になった。

今でこそ増員のおかげでこうしてのんびりしていられるが、それでもまだまだ社員が病欠などで来られなくなると呼び出される立場だ。

「結構勇気がいるポイント数にしたつもりだったんだけどね」

「いやそれは俺も本当に後悔してる。間違いなく安かったよ、もう三ヶ月先まで予約でいっぱいだもん」

「世間ももう川島を軍事企業だとかどうとか言ってないよね、完全に育毛技術の会社扱いでさ……」

「いや、ほんとにね……姫もびっくりしてたもんね」

「ポイントの売買ぐらいはあるかもって言ってたけど、まさか川島ポイントの斡旋《あっせん》業者まで出るとは思わなかったしね」

「あれ、本当に肝が冷えたよね。姫が即規約いじって禁止にしてたけど」

「民間人をツアーみたいな感じでダンジョンに連れてってさぁ……連れてく方も連れてく方だけど、付いてく方も付いてく方だよね。命が惜しくないのかなぁ」

「まぁ人それぞれに事情はあるんじゃない……」

要するに、俺たちは需要を読み誤ったのだ。

姫やマーズといった宇宙人たちの感覚では、髪の毛なんていくらでも自由に変えられる服のようなもの。そして地球人ではあるがまだまだ小僧の俺にとっては、髪の毛なんて生えてて当たり前のものだった。なんなら、自分が将来ハゲたらいっそスキンヘッドにするかなんて、気軽に考えていたぐらいだ。

だが、そんな事は所詮《しょせん》失った事のない者の戯言《たわごと》だと……おまじない中に冒険者のおじさんに説教をされて、俺もようやくなんとなく理解できた。

人の見た目に関する事というのは、たとえ外からは問題がないように見えていたとしても……それが自由にならない当人にとっては、どれだけの金や労力を支払っても全く惜しくはない、そういう分野の事だったのだ。

「まぁ、元々色々売ってイメージを変えようって話だったから、これでいいのかもしれないけど。結局あの毛生え薬も、別にうちの地元の物じゃないから釈然としないとこはあるね」

「マーズたちの地元にも、ああいう毛生え薬みたいなのはあるんだっけ？」

「肉体改造なんてとっくの昔に研究終わってる分野だから、ほんとに色々あるよ。無改造《ナチユラル》の猿型人種《ウエドソン人》の見た目を変えちゃう物だったら、それこそ毛生え薬から痩《や》せ薬、歯生え薬に骨生調剤までよりどりみどり」

「あっ、歯生え薬っていいなぁ。ま、あんまりやりすぎると普通に目つけられてヤバそうだけど」

「逆に僕からしたら虫歯ってマジでなる人いるんだって感じだよ」

なんて会話を、俺たちがしていた翌々日。

俺たちはとっくに国に目をつけられていたという事を、久々に会った防衛装備庁の佐原さんに告げられたのだった。

「困りますよ川島さん。ああいうのがあるんなら、先に言っておいてくれないと」

俺があんまりいないから、すっかり来客スペースや社員の休憩室として活用されている社長室。そこに置かれた無闇に豪華なレンタル家具のソファに座った佐原さんは、そんな事を言いながらフサフサに見える頭のつむじあたりをポリポリと掻《か》いた。

「ああいうのって言われてもなぁ」

「世間を騒がしてるアレですよ、アレ。うちも厚生労働省から、何も聞いてないよなんて突っつかれてるんですから」

「何の事かはわかんないけど、販売用途じゃない塗り薬は異世界特別法《いせかいとくべつ》法の対象外だからなぁ」

異世界特別法というのはダンジョンができた当初、異世界の人間や魔物がどんどんやって来る混沌《こんとん》とした状況で緊急避難のように作られた法律だ。

これはどうやったって見張れない場所から出入りする物品を、国が最低限のレベルでコントロールしようとして成立したもので……簡単に言えば異世界人が持って来た未知の動植物、薬などはとりあえず一回国に登録してもらい、その後問題があれば違法にするという、なんともおおらかな法律だった。

「対象外ではなく、任意対象なんですよ。まぁそうつっぱらないでください、悪い話じゃないんですよ」

「悪くはないけど、面倒くさい話なんでしょ？」

「とんでもない、面倒を避けるための話ですよ。何も咎《とが》め立《だ》てしようって事ではなくて、これはわが国から川島さんへのラブコールだとでも思って頂ければ……大きな声じゃ言えませんがね、永田町の先生方にも興味があるっていう方が沢山いらっしゃるんです」

佐原さんはそう言って、顔の前で小さく手を合わせた。

「どうですかね？　魚心あれば水心って事にはなりませんか？　技術開示……とまでは言いませんから、こちらに枠を作ってもらうというわけにはいきませんでしょうか？　みんながみんな髪が薄いからって冒険者になるわけにはいきませんでしょう？」

「じゃあ、そっちの魚心ってのは何なわけ？」

「とりあえずは、厚生労働省への口利きでいかがでしょう？　もちろん今回の薬も問題なく許可が通るとは思いますが……これからも色々と縁がおありでしょうから」

まぁ、実際あると思うけどね。マーズはちょっと迷った風に頬を肉球で擦り、小さく頷《うなず》いた。

「いいよ。でもさぁ、これってそんなに大事？　髪の毛なんて別に生えてなくたっていいと思うけどなぁ……」

佐原さんはそう言うマーズの前で大げさに手を横に振ってはぁーっとため息をつき、きっぱりとこう言った。

「お国元ではどうか知りませんが、こと地球においては……髪の毛は宇宙より重いのです」

「そんなに？」

マーズが尋ねると、彼は苦々しげな顔で小さく頷いた。

「宇宙に出られれば、それはもちろん利益は大きいでしょう。当然利益ずくではなく、学術的価値も、浪漫をお求めになる方もいらっしゃいます……ですが、そんな物は所詮絵に描いた餅《もち》。実際に髪が生えるという現世利益には、太刀打ちもできようはずもない、という事です」

「まぁ、そっちがこちらの技術を高く買ってくれてるってのはわかったんだけどさ。うちとしてはそれは本分じゃないわけ」

「当然わかっておりますとも。こちらも宇宙の件を掣肘《せいちゅう》するつもりは毛頭ございません。ですが、どうでしょう？　この件、宇宙開発の副産物という事にできましたらば、近ごろの向かい風も少しは和らぐかと思うのですが……？」

「つまり、そうしたら諸々の露払いはそっちでやってくれると考えていいわけ？」

「さて、世論は単純ではありませんので、そこは何とも。しかし、単純に御社の社会的重要度が上がる事で、勝手に無くなる露というのもあるとご承知頂ければ……常に若さと清潔感を求められる立場にいる方は、意外と多いものですから」

相変わらずこちらを煙に巻くような話し方でよくわからない話をして、佐原さんは帰っていった。

とはいえ、正規のコネクションというのはこちらの望むところでもある。うちのブレインたる姫も、なかなかいい話だと喜んでいたぐらいだ。

という事で、彼に繋《つな》いでもらった厚生労働省のコネで、我々はさっそく毛生え薬を異特法申請した。もちろん申請したのは入手性に難のある異世界産のものではなく、宇宙技術が由来のそれっぽい見た目の薬だ。

ついでに、それに加えて歯生え薬の承認の打診をしてみたわけだが……そのせいで佐原さんは一週間と間を空けず、歯生え薬についての質問をするために、またぞろうちの会社へとやって来る事になるのだった。

# 第五章【希望と猫とカードゲーム】

まるで誰かが忖度《そんたく》しているように、状況は一気に動き出した。

長らく協議中と言われていた自衛隊のパワードスーツ導入の承認が突然下り、同時に交渉中だった価格がこちらの要求全呑《の》みで決まり、一定数を即時納入の要請が届く。またすでに自衛隊の特定部隊へ向けて少量の納品を済ませていた力場《バリア》発生装置に関しても、全面的に採用される事が決まったらしく、こちらもまたできるだけ早期の納入要請が出た。

「いらなかったかも」なんてマーズがぼやいていた生産施設は、結果的にフル回転で動き始める事になり、俺は物運び係としてまた忙しく働く事になった。

「向こう側にお宝があるとわかった途端、これまで3Kと馬鹿にしてた仕事に人が群がる……本当に都合がいいですよね」

この状況を見てそんな事を言ったのは、なんだか知らないがひっきりなしにやって来る他社の営業に辟易《へきえき》していた飯田部長だ。

しかし、満員御礼なのはうちの会社だけじゃなく……関東圏のダンジョン各所にも、とんでもない人が押しかけて完全にパンクしているようだった。

「やっぱアレ？　うちのせい？」

「それ以外に何があるってのさ」

「でも、そんなに髪の毛を生やしたい人って多いのかな？」

「いや明らかに若い人も多いし、それだけじゃないって事でしょ」

　機械の間にベッドやソファ、テレビなどが置かれ、もはや俺の第二の部屋とも言える状況になった地下製造施設。その一角に敷かれたカーペットの上で、俺たちはレンジで解凍した冷凍たこ焼きを食べながらそんな事を話していた。

　お腹を上にしてぐうぐうと寝ているシエラの向こうでは、テレビからダンジョンが大盛況だというニュースが流れている。

『東京都ダンジョン管理組合では、土・日・祝日に新人冒険者に向けた特別な講習会が開催されており、未知の世界に挑む冒険者の卵たちが集い……』

「未知の世界ねぇ……」

「実際そうなんじゃないの？　異世界どころか、ダンジョン内の調査ですらほとんど進んでないんだから」

　未知、そう、未知だ。ダンジョンの向こうから毛生え薬と歯生え薬という、特大の結果を持ち帰ったように見える川島総合通商のニュースは、様々な人々に非常に大きな影響を与えたらしい。

『ダンジョンはこれまで我々に、混乱と破壊だけをもたらす物でした。しかし、暦が迷暦に変わってから二十三年目の今、我々にもついに打って出るべき時が来たんですよ！』

　テレビの中ではこの間は川島を絡めて自衛隊を叩《たた》いていたインテリコメンテーターが、自信満々にそんな事を言っている。

「うちの川島ポイントアプリも百万ダウンロードを超えたんだっけ？」

「そうみたい、首都圏に百万人も冒険者がいるのかは疑問だけどね。まぁ管理組合の初心者向けのしおりに載ったからってのもあるんじゃない？」

マーズが言う通り東京のダンジョン管理組合は、うちのポイントアプリの事をダンジョン探索初心者向けのしおりで紹介してくれたのだ。

載ったのは冒険者向けの商売をしている、言わば管理組合お墨付きの企業たちが並ぶページ。ぶっちゃけうちがやっている買い取りサービスなんかは、管理組合のダンジョン素材流通利権とカチ合う部分もあったのだが……どうも政府の方から管理組合へとかけ合ってくれたようで。今年度のしおりから、うちは錚々《そうそう》たる大企業と肩を並べて載る事になったのだった。

「姫も喜んでたね。素材の入ってき方がダンチだって」

「まぁうちもあっちのために色々動いてるから、これぐらいはしてもらってもいいんじゃない？買い取りポイント制度も色々いじる事になったし」

とにかく、冒険者が一躍熱い仕事となった今の世間。この勢いを殺さないため、うちも少しだけ身を切る事に決めた。宇宙船作りには直接必要のない魔物素材にも、ポイントをつけて取り扱う事にしたのだ。

もちろん宇宙船に使う素材は『重点買い取り品目』としてポイントの割合を高くしているが……そういう現在も買い取りをしている重要素材や汎用《はんよう》素材の魔石以外にも、比較的初心者が手に入れやすい素材を買い取り品目に入れたわけだ。これは急激に増えたダンジョン初心者へポイントを供給する救済策であり、うちの会社のイメージ戦略の一つでもあった。

「今のところうちにとってはあんま得ないけど……使わない素材もトンボのジャンクヤードに入れと

けば腐らないし、よそに売ってもいいわけだしね」

「まぁ新人が育てば、うちが欲しい素材も納品してくれるようになるかもしれないしね」

宇宙開発っていうのは、資源採掘船を作って終わりというわけではないのだ。これからも、同じように特定素材が大量に必要になる可能性も全然あるだろうしな。

「そういや新人冒険者たちはポイントを貯めて、まずうちの個人用エアコンを買う事を目指してるらしいよ」

「あれ結構高いんじゃなかったっけ？」

「今はドローン買い取りもあるし、慣れてきたら泊まり込みですぐなんじゃない？」

と、そんな話をしていると、部屋のどこかからピーッと音が鳴った。

「おっ」

ソファから立ち上がった俺が音の元へと向かうと……生産設備のうちの一機の材料投入口カバーがパカッと開き、その根本のランプが赤色に点滅していた。

設備の周りには塗装まで済まされたパワードスーツのパーツがごろごろ転がっていて、俺はそれらをジャンクヤードに入れ、生産設備に材料を投入してまたカバーを閉める。今の俺のメイン業務は、ひたすらこれをやる事だ。

ぶっちゃけもっと自動化しようとすればできるのだが……役職者以外入れない部屋にあるという機密保持上の関係で、そこまで自動化してもあんまり意味がなかったりする。

結局重い物や大量の物を運ぶ時は、アイテムボックス持ちの俺がやるのが最高効率。となると、役職者とは言いつつも、結局俺しかやれない業務になってくるわけだ。

図らずも、俺は今自分のスキルをお手軽に使って飯を食うという、まさに一昨年の自分が憧《あこが》れていた状況にあったのだった。

「マーズぅ！　もうちょいしたら帰ろっかぁ！」

俺はそう言いながら他の生産設備の周りに転がる物品を回収し、消費された素材も補充していく。そろそろ十八時、役員には関係のない事らしいが、会社員的には定時の時間だ。俺の後の仕事は、回収したパーツ類を上の組み立て室へと持っていくだけ。

「タクシー呼んどくよぉ！」

「おねがーい！」

生産設備を弄りながらチラッと横目で見たマーズは、猫の手で器用に壁の受話器を外し、総務へ電話をかけていた。

これまでは電車で移動していたが、毛生え薬の件以降はさすがにそれも厳しくなった。駅から徒歩で会社まで来ようとすれば、ややこしいマスコミに捕まる心配もある。

会社にも自衛隊ＯＢが関わっている警備会社が二十四時間体制で入る事になり、アステロイド事業部の阿武隈《あぶくま》部長なんかも結構前からタクシー通勤。なんだか、あの小さい工場で必死にふりかけを梱包《こんぽう》していた頃が遠い昔のようだ。

「どんな感じ？」

「やっぱこれだけ数があると早いよね。パワードスーツの部品の生産は明日には終わりそう」

「強化外骨格《レイバースーツ》と力場発生装置《バリア》の生産が終わったら……いよいよ宇宙の便利商品の生産だね。そういや、トンボ肝いりのアレも入れるんだっけ？　あんなのほんとに必要？　姫はいいよって言ってたけどさぁ」

「だって、毛生え薬や歯生え薬みたいな便利な物で大人が盛り上がってるのもいいけどさぁ、それだけだと子供は楽しくないじゃん。俺はさ、どうせ宇宙技術を公開するなら、子供たちに一番ワクワクしてほしいんだよね」

「子供っていうか、トンボがそういうのが好きなだけでしょ？」

たしかに、そういう部分もある。俺が製造可能物品のカタログを見て、真っ先に赤丸をつけたのもあの商品だったしな。

「まぁ……イメージ戦略としてはいいのかもしれないけどさ。まさかトンボが言い出しても姫が止めないとは思わなかったよ。どうも姫って、トンボの名前がついた会社が色々言われてるのがほんとに嫌みたいだね」

「マーズだって、嫌われてるよか好かれてる方がいいでしょ？」

「好かれすぎるってのも、案外大変なもんだよ」

そう言いながら、猫のマーズは自分の胸の毛をポンポンと触る。まぁ、彼は今でも近所の子供たちに見つかると必ず抱きつかれてるからな。

とはいえ、俺がイメージ戦略という言葉を免罪符に……半ば趣味のようにラインナップにねじ込んだその商品が世に出る頃、日本から始まった未知への熱狂は、海を超えて伝播《でんぱ》し初めていたのだった。

◆

毛生え薬と歯生え薬、日本で発表されたその二つの薬のインパクトは世界中を駆け巡った……そうだ。薬そのもののインパクトもさる事ながら、世界中の人を驚愕《きょうがく》させたのは、ダンジョンという存在の可能性の深さだった。

これまでダンジョンを通して異世界からもたらされた物は、異世界人そのものや、人に宿るスキル以外は、結局のところ地球にすでにあるものばかり。

原理が違ったり、素材が違ったりはしたものの……魔石を燃料としたファイアロッドはライターやマッチに勝らず。特定人種の異世界人の傷を僅《わず》かに癒やすポーションの類は、いくら研究しても猿人種《ちきゅうじん》には効かず。魔物素材を使用した魔鋼素材だって、一般人にとっては鉄やステンレスの延長だ。「誰にでも魔法は使える」と豪語した異世界人も「地球の魔素は薄すぎる」と実力を出せずペテン師扱い。

ダンジョンと共にやってきたスキルは人類に変革をもたらした。ではダンジョンそのものはどうだ？

「ダンジョンの向こうに、我々が見た事もない何かがあるんじゃないか？」

そう言われてきた、そう言われて二十年余りが経《た》った。そこに突然現れたのが、日本の川島がもたらした、二つの薬だった。「あるかもしれない」が「あった」に変わった時、ダンジョンは無限に害獣が出てくる穴ぼこから、理想郷《ユートピア》へと繋がる扉になったのだ。

ダンジョン、そこに人々は二十年ぶりに希望を見た。

そしてその希望を見せてくれた川島総合通商《うち》が次に出した商品に、彼らが過剰な注目を向けるのも無理はないという話だったのだろうか？

迷暦二十三年の五月。

ずっとうちでアルバイトをしてくれていた気無さんの娘さんを含む大学生組が、卒業と同時に入社してくれ、人手に関する悩みもだいぶ薄れたと思っていた……そんな春と夏の間の事だ。

川島総合通商が発売した宇宙技術の便利商品、そのラインナップの中に俺が趣味で交ぜた宇宙のトレーディングカードゲーム。それが世界に波紋を呼ぶ事になるのは、発売から少し時間を置いてからの事だった。

「社長は会社をどうしていきたいんですか？」

「はい、すいません……」

「別に責めてるわけじゃないんです。ただ、どういう会社にしたいのかな？　という疑問があって」

「誠に申し訳ありません……」

俺は今、役職者の集まる川島総合通商の全体会議で、飯田さんから詰問を受けていた。理由は単純、俺が宇宙の商品群にねじ込んだカードゲームである『ドリフト・ケイン《Drift Cane》』が売れすぎて、買えなかった人からのクレームや、様々な企業やマスメディアからの問い合わせが爆発していたからだ。

そんな『ドリフト・ケイン《Drift Cane》』というゲームは、要するによくある対戦型トレーディングカードゲーム。エネルギーを貯めて、モンスターを召喚したり魔法をつかったりして相手の体力をゼロにした方が勝ちという、全く目新しさのないもの。

まぁ俺が生産機械でそういう雛形《テンプレート》を選んで作ったから、当然と言えば当然なのだが……とにかく『ドリフト・ケイン《Drift Cane》』の特別さはルールにはなく、そのカード自体のルックスにあった。

「でも、全国の子供はトンボ君がこれ出してくれて嬉《うれ》しいと思うよ。だって俺たちが子供の頃にこんなのあったら絶対夢中になったもん」

まるで子どものように目を輝かせ、飯田部長に向かってそう語る雁木《がんぎ》さんの手元には、一枚のカードがあった。机の上に置かれたそのカードの絵柄の部分には……まるでそこに人形を立てたかのように浮かび上がった、銀色のナイフをクルクルと手元で回す女盗賊の立体映像《ホログラフィ》があったのだった。

「そういう話じゃないの。一旦《いったん》雁木君は黙っててくれる？」

「す、すいません……」

そう、このゲームのカードには、その上に立体映像《ホログラフィ》を浮かび上がらせるという機能があった。更に言えば、プレイヤーが攻撃を命じるとちゃんと敵を狙って攻撃モーションを起こし、時には相手のカードの上まで出張して敵と戦うという……アナログなのにまるでビデオゲームのような演出の派手さを持った、まさに未来の形のカードゲームなのだ。

そして一パック十枚入り三百円という、俺が小学生の頃に買っていたカードゲームと同じ値段で売り出されたそれは……何が出てきてもおかしくない、川島総合通商というブランド力もあり、即日完売。更には転売屋に大量に確保され、値段が高騰してとんでもないクレーム騒ぎに繋《つな》がってしまったらしい。

梱包から出品までを依頼した外部企業の伝手《つて》で商品の販路も増えたわけだが、同時に対面販売など、どうしても姫の転売屋への対策が効かない場所もできてしまっていた。

「まぁでもさぁ飯田部長、作った商品が売れないで困るってんならわかるけどさ、売れてるならいいんじゃないの……？」

マーズが横からそう援護してくれるが、飯田部長の顔は怖いままだ。

「だから専務、そういう話じゃないんですよ。私はあれもこれもと色んな事に手を出すには、うちの会社は小さすぎるんじゃないかって事を言ってるんです。私はこれ以上部下に残業しろとは、口が裂けても言えませんよ」

「まぁ、それはそうだね……トンボが悪いかも……」

速攻で言い負かされ、俺に罪を擦り付けたマーズは、こちらに顔を向けずそっぽを向いた。

「とにかく、もしうちで本腰入れてこういうエンターテイメント関係の事業をやりたいのなら、きちんとそういう事業部を立ち上げて人を集めてください。それかもしくは……」

「も、もしくは……？」

「外と組んでください。あのカードゲームに関しても、もう四社から引き合いが来てます。よりどりみどりですよ」

そうは言われたものの……俺もさすがに、ただでさえ激務の飯田部長に、新事業部を立ち上げたいから人材を集めてくれなんて事は言えるわけがない。

こうして俺肝入りで始まった宇宙のカードゲームの販売事業は、すぐに大手おもちゃメーカーである『ダブルネック』との共同事業で進める事になったのだった。

そしてこの時発売された、外部メーカーと組む前の本当の初期ロット。

それが伝説の『川島版』として超高額で取引されていく事になるのは……今の俺には知る由もな

く、また関係もない事なのだった。

◆

とはいえ、外部と組んでまでやると決めたならば、きちんと利益が出るようにやらなければならない。俺は飯田部長に担当としてつけてもらった、社内にいたカードゲーム好きの徳田《とくだ》という男と一緒にメーカーとの折衝に臨む事になった。

しかし、カードを売ればユーザーは勝手に遊ぶだろう、なんて気楽に考えていた俺とは違い……打ち合わせ場所の川島本社の会議室に、山のような資料を抱えてやってきたカードゲーム商売のプロ、おもちゃメーカー『ダブルネック』の担当者である今川《いまかわ》さんの視野は広く、その指摘は厳しいものだった。

「いいものだから売れるというわけではないんですよ、捨ててくださいその考えは。いいですか、まずは知ってもらうという事が大切なんです」

「でも今川さん、うちの会社の知名度はこれ以上ないいんじゃないかと思うんですけど」

「徳田さん、子どもたちは会社名を見ておもちゃを買うわけじゃないんですよ」

「それはそうかもしれませんが……」

「カードゲームを買うような年の子どもたちは……楽しそうな物の中から、知っている物、皆が持っている物を選んで買うんです。そしてそういう意味では、川島さんは強みを一つ持っています。それは、子供にお金を出す親御さんに対する知名度です」

「はぁ……」

洒落《しゃれ》た眼鏡《めがね》をかけた今川さんは、まるでろくろを回すように動かしていた手を止め、分厚いレジュメのページを捲《めく》った。

「八十六ページにありますように、とにかくまずは知ってもらう事。そのためにも、アニメ化、漫画化、そしてできればゲーム化。これが大切です」

「えっ、いきなりメディアミックス展開ですか？」

「いきなりというよりは……少なくとも弊社のカードゲームの商業戦略において、メディアミックスはほとんど最低限の条件とも言えます」

いきなり大きくなった話に、正直俺は面食らっていた。

そんな俺の前に、彼は分厚いバインダーファイルを置いて中程のページを開く。そこに挟まれていたトレカファイルには……俺が昔遊んでいた、テレビゲームが原作のカードが並んでいた。

「川島さん、僕は子供の頃から大人の今に至るまで、ずっとカードゲームをやってきました。親や教師に怒られようが、友達が引退しようが、彼女に振られようが、ずっとです。そしてその中で、色んなカードに触れてきました」

今川さんがページを捲っていくと、そこには俺が一度も見たことのないようなカードゲームが大量に、数えきれないほどの種類が並べられている。

「原作の知名度、目新しいシステム、美しい絵柄、荘厳なフレーバーテキスト、ユーザーや大会の盛り上がり、そしてカードの経済的価値。カードゲームにはそれぞれに強みがあり、それを含めた総合評価が優れたゲームだけが残ってきました。ですがそれらを見てきた私からしても、ドッケンほど凄《すご》いカードは見た事がありません」

「ドッケンって……」

『ドリフト・ケイン《Drift Cane》』の略なんだろうか？

俺が困惑している間に、今川さんはバインダーの最後のページを開いた。そこには『ドリフト・ケイン《Drift Cane》』のカードがズラッと並べられていて、九《ここの》つのポケットから同時に立体映像《ホログラフィ》が浮かび上がる。

「他のカードに比べれば、ドッケンはまさに未来のカードゲームです。そして、僕たちが子供の頃に思い浮かべていた、楽しい事、凄い事がいっぱいあったはずの……そんな未来像のうちの一つでもあります！」

「……僕も、そう思ってこのカードを世に出しました」

「川島社長、僕は今を生きる子供たちのために、そしてあの頃の自分たちのために……このカードゲームを一過性のブームで終わらせたくないんです！　お願いします！　どうかメディアミックス、やらせてくれませんかっ！」

俺は涙ぐむ今川さんの肩に手をやった。俺の隣で、徳田さんも今川さんの反対側の肩に手をやって、こちらに向かって頷《うなず》いていた。

「やりましょう！　今川さん！」

「微力ながら！　僕も協力します！」

「……ありがとうございます！」

と、そんな感じでいい具合に纏《まと》まったように思えた、おもちゃメーカーとの打ち合わせだったのだが……。

「カードゲームは社長案件なんで、一応お任せはしましたけど……これからはそういう話は先方に返事をする前に、一回持ち帰ってくれませんか？」

と割とビキビキ来ている飯田さんにガチのお叱りを受け、俺は無事にメーカーとの折衝役から締め出されてしまったのだった。

◆

そんな事をやっているうちに『ドリフト・ケイン《Drift Cane》』は海外へと渡っていたらしい。

当然、うちは海外への販路など持っていない。日本語のカードゲームなんか持ち込んで意味があるのかはわからないが、奇特な誰かがお土産にでもしたのだろう……なんて事を呑気《のんき》に考えていたら、海外の有名な雑誌にこんな記事が載った。

『シンギュラリティは過ぎ去った』

シンギュラリティというのは、人工知能《AI》が自己進化を始めるという、技術的特異点のようなものだ。

『すでに自己進化、自律思考するＡＩは完成していて、これまで我々がそれに気づいていなかっただけなのだ。なぜならば、日本で売られている子供向けカードゲームに、すでに凄《すさ》まじく高度なＡＩが搭載されているじゃないか』

と、そういう内容の記事が和訳されたブログ記事のお尻《しり》には……うちのカードゲームの立体映像《ホログラフィ》が、カメラに向かって手を振る動画が貼り付けられていた。

そう、俺も販売してからこれに気づいてしまったのだが、『ドリフト・ケイン《Drift Cane》』のカードは、明らかにプレイヤーを認識しているのだ。命令に従って攻撃や防御をするだけでなく、プレイヤーに向けてアピールをしたり、手癖の真似をしたりする、そういうシステムが組み込まれていた。

もちろん、カードにカメラやマイクがついているわけじゃない。何か地球人にはとてもわからない、とんでもない技術が使われている事は確かだった。

俺はこれに関して「また軍事技術だとかで叩《たた》かれて、会社に迷惑をかけてしまうかも」という思いで頭を抱えたのだが……意外や意外、国内では転売対策の不徹底に対する文句が出ただけで、国外からやって来たのは世界中の学者や大金持ちからのラブコールだった。

どうも彼らはこのカードゲームを、ダンジョンからの恩恵の一つとして受け入れてくれたらしい。

そしてこんなとんでもない技術力のカードゲームを、ポンと出したうちの会社が宇宙開発を志しているという事を知った彼らは、今からでもプロジェクトへの協力ができないかという打診や、資金提供は受け付けていないのかという確認を取ってきたのだ。そのどちらも必要ないといううちが特殊なだけで、普通の宇宙ベンチャーならば、これらは非常にありがたい申し出だっただろう。

もちろん、諸外国との交渉を国に任せてしまっている毛生え薬や歯生え薬の獲得への足がかりに、という事もあっただろうが、まぁそれは仕方のない事。結果的にそのうちの誰とも組む事はなかったが……現在の川島アステロイドは、国内よりも海外からの注目度の方がはるかに高いという状況になってしまっていた。

無論、裏でうちの情報を抜こうとハッキングや人員の送り込みを仕掛けてきた人も山程いたようだが、そこらへんは全て姫がブロックしてくれていた。

「やっぱお金持ちってさ、新しいものとかフロンティアが好きなんだよ」

「そういう話かなぁ？　多分今回うちにコンタクトを取ってきた人たちが好きなのは、勝ち目の高い博打だと思うよ」

川島本社の大部分を占める、元ロジセンターの心臓部たる巨大な倉庫部分。色々と手を加えたそこで行われている、宇宙船の組み立てを見物しながら、俺とマーズはそんな話をしていた。

「実際魔鋼系素材を作ってる会社とか、うちの下請け周りの会社の株が買いまくられてるらしいしね」

「姫が前に魔鋼製造会社の株を買ってたのは、今の状況を見越してたって事かな？」

「そりゃあ姫ぐらいになると、見越さないってこたぁないんじゃない？」

じゃあ……と言いかけた俺のズボンを、隣から小さな手が引く。そちらを向くと、人間形態のシエラが、ニコニコ笑顔でデジカメの画面を突き出していた。

「トンボ、これどう？」

「おっ、いいんじゃないの？」

俺は彼女が広報に交じって撮ったらしいその写真を、しゃがみこんで見た。デジカメの小さな画面に映るそれは、ブレもなく、ピントもバッチリ合っているようだ。

彼女は俺があげたデジカメをことのほか気に入ったようで、たまにうちの母と妹に買ってもらった服を着て、近所の写真を撮りに行ったりしているようだ。

今日は会社で広報用の写真撮影をやる、という話が社内チャットで流れ……誰に頼まれたわけでもないが、彼女は大張り切りでやって来ていた。どこに出るような写真でもないが、当然撮っちゃいけないところは撮らせていない。

「みんなで撮った」

「いい写真だよ」

思いっきりうちの広報の背中が写っているが、まぁこれもオフショットな感じでいいだろう。その奥に写っている宇宙船も、もうだいぶ形がわかるようになってきていた。

色々やってきたおかげで魔鋼の素材も予想の何倍も早く集まり、建造も予定から少し前倒しで進んでいるぐらいだ。この調子であれば、年末には宇宙船が飛ぶらしい。凄まじいスピードに目眩《めまい》がするが、姫曰《いわ》く枯れ切った量産品の図面を持ってきてるんだから、もっと早くてもおかしくなかったのだそうだ。

「この船で、どこいく?」

「まずは練習で月だね、その後は火星の向こうに小惑星を取りに行く」

「トンボも行くのか?」

「俺は行かないよ」

もっといい船を持ってるからな。

一応シエラにも海賊船《サイコドラゴン》の事は説明してあるが、ぶっちゃけ彼女がどこまで理解しているかはわからない。

俺はデジカメを見ながらムフーと鼻を鳴らすシエラの、白い髪の毛を撫《な》でようとして……人間形態だと事案になってしまう事を思い出し、やめた。

彼女は途中で止まった俺の手を見てキョトンとして、俺の腰にゴンと頭をぶつけた。

「どした、トンボ？」

「いや、なんでもないよ」

「その格好のシエラを撫でたりしてると、トンボが逮捕されちゃうんだよ」

「そうか、逮捕、まずいな」

シエラはそう言って俺から一歩離れたが、それはそれで寂しいもの。

まぁでも、セクハラ社長として告発されるよりかはいいか……なんて事を考えながら、俺は手持《ても》ち無沙汰《ぶさた》になった手をポケットに入れて、組み上がっていく宇宙船の外装を眺めていたのだった。

◆

魔鋼を作るのに必要な素材が集まった事以外にも、会社のイメージが良くなって得をした事がいくつもあった。

まずひとつ目に、採用に応募してくれるまともな人材が増えた事だ。

これまでも姫フィルターを通さないスパイ人材の応募なら、それこそ雲霞《うんか》の如く来ていたわけだが、今度来てくれた人たちは正真正銘普通の人材。いや、普通どころか宇宙系の仕事をしていた人たちが、前の仕事を抜けてまで来てくれたりもした。

彼らの半分ぐらいは、会社ホームページに載せた宇宙船建造の途中経過を見て来てくれたそうだ。

やはりどんな事でも、まず形にするという事は大切らしい。

とはいえうちに採用が決まってからも、他の企業からの後ろ暗い接触があったりもするらしいので……そういう人は残念ながらお祈り対象になり、なぜか相手企業のスキャンダルが巷《ちまた》を賑《にぎ》わせたりもした。

そしてふたつ目に得をした事は、うちの本来の商売相手……だと勝手に思っている、冒険者の人たちからの覚えが良くなった事だ。

イメージ向上により、川島総合通商はしっかり彼らの信頼を得られたようで、今やうちの販売している製品は、ある種川島ブランドとでも言えるような扱いを受けているらしい。これは、この間久々に会った吉田さんから言われた事だ。

まぁ元々うちの会社は、冒険者向けの商売をやっていた俺とマーズが、元冒険者の阿武隈《あぶくま》さんと吉川さんを雇って始めた会社。嬉《うれ》しいと言えば、素直に嬉しい。社員やアルバイトも大半が冒険者の関係者だし、近頃の冒険者のイメージ向上もあって、社内もちょっと明るい感じになった気もする。

そして最後にもう一つ良かった事を挙げるとするならば、世間でちょっとした宇宙ブームのようなものが起こった事だろうか。

最初はどれだけ実現可能な事をアピールしても、誰も本気にしていなかった、世界初の重力制御方式の宇宙船。そして、それで小惑星をキャッチしに行くといううちの計画。一連の会社のイメージ戦略や、海外セレブからの熱いラブコールなどがニュースになった事もあって、だいぶ計画全体の信憑性《しんぴょうせい》が高まった。

計画が途方もなくデカくて、進捗《しんちょく》が速すぎるという事もあり、未《いま》だ宇宙の山師扱いされているところはあるが……それでもいくつかの雑誌や番組から追加で取材が入り、それが子供向け番組に流れたり、漫画雑誌などに掲載されたりしたらしい。

どこかの小学校の授業でもうちの話が取り扱われたようで、その授業の一環か、子どもたちがうちに応援の手紙を送ってきてくれたりもした。

「なんか、まだ何もやってないのに面映《おもはゆ》いね」

というのは阿武隈さんの言葉だが、彼女よりもよっぽど感動していたのは自衛隊からの出向者だったらしい。無骨ででっかい男が手紙を読んで涙ぐんでいたというのだから、人というのは見た目ではわからないものだ。

とまぁ、そういう追い風の中で夏から始まったのが、分厚くて判の小さい漫画雑誌での、カードゲーム『ドリフト《Drift》・ケイン《Cane》』の漫画化。そしてそこから一ヶ月ほど遅れての、ダブルネック社版第一弾のカード発売だ。

採算度外視で絶対に余る量を作ったスターターデッキを除いては、中学生以下一日一人一パックという公式制限を用いての販売が行われ……通信販売は、姫の統制が利く川島のサイトからのみという事に決まった。

「御社の事業ともコラボができますし、第一弾のテーマは宇宙、これでいきましょう!」

と、ダブルネックの今川氏から提案があったらしく、テーマは宇宙となった。当然最初に出た川島版からカードの絵柄は全変更なわけだが……そこは宇宙の技術力。

あちらからキャラクターやアイテムや魔法の三面図を提出してもらえれば、それを姫がソフトに読ませ、ガンガン立体映像《ホログラフィ》に変えてくれる。それを宇宙の生産機械でボンボン生産してどんどん出荷したから、川島版から三ヶ月程度という超スピードでの発売が実現できたのだ。ダブルネックの今川氏の哲学は「鉄は熱いうちに打て」だった。

そんなカードゲームに『カワシマ・ワン』と名付けられたうちの資源採掘船が登場し、いよいようちの宇宙事業の子供たちからの知名度は抜群に高まった。そしてそんな状況で、俺にそのカードゲーム絡みの話を持ってきたのは、意外な人物だった。

「トンボ君、悪いんだけどさぁ……今ちょっと時間ある？」

なんて言いながら、地下の秘密工場にやって来たのは、アステロイド事業部の阿武隈さんだった。

「えっ⁉　阿武隈さん？　ど、どうしたんですか？　……あっ、ソファにどうぞ」

「やーごめんね突然」

まだまだ皆が一生懸命働いているこの時間。クーラーガンガンの部屋で、普通にシエラとマーズとレースゲームをしていた俺は……なんとなくバツが悪くなって、自分が座っていたソファを彼女に勧めた。

「トンボ、止めるか？」

「ちょちょちょ、テレビ切って……いや、すいません、なんか……」

「や、別にそれはいいんだけど……」

川島総合通商と胸に刺繍《ししゅう》の入ったポロシャツを着た彼女も、なぜかなんとなくバツが悪そうな顔をしながらソファへと座った。

「ど……どうしました？　何かありました？」

「いや実はさぁ、あのカードの事なんだけど？」

「ドッケンですか？」

「そうそれ、ドッケン。それってさぁ……社員向けで買えるようにとか、できないかな？」

「あっ、それなら一箱ぐらい持っていってもらっても……」

　俺が雑にコンテナに突っ込まれたカードのパックを指差すと、彼女は首を横に振った。

「いや、あたしだけの事ならありがたくそうするんだけど……なんつーか、子持ち組とか自衛隊組がねぇ……子供から頼まれたり、元同僚から頼まれたりしてるみたいなんだよね」

「な、なるほど？」

「ほら、自衛隊関係って最近色々うるさいじゃん？　だからまぁ、社員が買えるような制度がちゃんとあると嬉しいっていうか……」

「それなら、そういう事にしとけばいいんじゃあ……」

　そりゃあ何十箱も持っていかれると困ってしまうが、家の子供を喜ばせる分ぐらいならば、別に役得という事でいいだろう。と、俺はそう思っていたのだが、阿武隈さんはなおも首を横に振るばかり。

「それだとやっぱり、外から突っつかれた時に怖いって人がいてさ。で、これはちょっと飯田も含めた社内のみんなで擦り合わせて考えてみたんだけど。ドッケンをあのポイントアプリの品目に追加できない？」

「あ、なるほど。社員は毎月ポイント付与されてますし、それなら外の人も同じように買えるから公平っぽいですね」

「でしょでしょ？」

出会った頃とは違い、もうほとんど目の下の隈《くま》がわからなくなった阿武隈さんは、花が咲いたような笑顔でそう言うが……わざわざ周りと擦り合わせてまで来てくれたとなると、なんでこんなにもったいぶるのかがわからないぐらいだ。

「ていうか阿武隈さん、それぐらい普通に社内チャットで言ってくれたら良かったのに……」

「いや、あのカードが最初に出た時さぁ、雁木《がんぎ》君以外誰も社長の味方しなかったでしょ？　そんで、人気出たからって福利厚生にしろってのも、なんとなく気まずくてね……」

あ、そういう事か……。

「いやいや、あれは怒られて当然の事をしたわけですから、それは別にいいんですよ」

ぶっちゃけ俺は気にしていないというか、それよりも地下で普通に遊んでる事がバレた事の方が気まずかった。これ、なんとか飯田さんには内緒にしといてもらえないかなぁ……。

「とにかく、飯田さんには報告して、副社長にも言っときますから」

「そう、ありがとっ、トンボ君」

そんな、なんとも面倒な役割を背負って来てくれたらしい阿武隈さんに、お土産のカードをいくらか持たせて帰し、俺は社内チャットへと連絡を飛ばした。

なんだかんだと身近な人の子供にまでウケてるという事実は、俺にとってはなんとも嬉しい事で……結果としては「あのカードを世に出してよかったなぁ」としみじみ思えたのだった。

# 第六章【準備と姫とナイトクルージング】

川島アプリにドッケンが追加された事により、社内では子供や親戚《しんせき》、友人関係に面目を保てた人も多く、また冒険者の方からの評判も意外と上々。そして肝心要の子供たちからの漫画やカードの評判もバッチリらしい。

週末に行われる大会は多くの人で賑わい、山程作ったスターターデッキの在庫も危ないぐらい。もちろん転売屋へパックを横流ししていた店もあったが、そういう店は全てブラックリストに入り、次の出荷からは適当な理由をつけて外される事になった。一時はどうなる事かと思ったが……色んな人に助けられ、結果的に様々な事がなんとか上手く進んでいた。

そして物事が上手く回っている時ほど、次に向けての下準備が必要、というのは姫の言葉だ。

そんなわけで、俺たちは忙しい中時間を見つけては、ちょくちょく川島総合通商が元々あった工場へと向かい、ぶっ壊れていた戦闘《サードアイ》ロボの修復を行ったり、個人用のバリアや生命維持装置といった装備の選定や製造を行っていた。というのも、資源採掘船『カワシマ・ワン』を飛ばす前に、近々一度海賊船《サイコドラゴン》で宇宙へ出るつもりだからだ。

前回宇宙《そら》へ出た時はさらっと状況を確認しただけだったため、カワシマ・ワンが飛ぶ範囲の状況の確認がまだできていないのだ。そして宇宙に出る上では、何があってもいいようにしておかなければいけないという事で、こうして細々とした準備を行っているのだった。

「この腕輪型の生命維持装置ってやつ？　俺が持ってる銀河警察のやつとどっちが凄《すご》いの？」

サードアイを作った懐かしの工場で、宇宙の生産機械から出てきた輪っかの穴を目に当てるようにして、俺はマーズにそう尋ねた。

「そりゃ銀河警察でしょ。あっちは荒事用で、その腕輪は民生用だよ」

「じゃあ俺はこっちつけた方がいい？」

俺がそう言いながら、ダンジョンに行く時にいつもつけていた、ヘッドホン型の生命維持装置を取り出すと……マーズはちらっとそれを見て、尻尾《しっぽ》をしならせた。

「両方つけときなよ。なんなら腕輪も両手につけといたら？」

「そういうのもアリなんだ」

「大アリだよ。宇宙に出たらまずは生き残るって事が大事だからね」

「大事」

マーズとシエラにそう言われ、俺は別に今日宇宙に行くわけでもないのに、右手に腕輪を嵌《は》めた。

まぁ、簡易バリア機能もついてるらしいし、付け得なアイテムではあるんだろう。

「マーズとシエラ用にはネックレス型ね。イヤーカフ型ってのもあるけど、そっちじゃなくてよかった？」

「僕耳になんかつけるの苦手なんだ。あとシエラはイヤーカフだと、人間形態になった時に外れちゃいそうだし」

「たしかに。マーズも今からつけとく？」

俺が磁気ネックレスのような形の生命維持装置を差し出すと、彼は首を横に振った。

「いや、僕は今んとこいいや……肩凝るしね」

そう言いながら、彼は腕をグルグル回す。マーズもシエラも、普段は首から財布や鍵《かぎ》入れ代わりの巾着《きんちゃく》をかけてるぐらいだもんな。

「そういや、武器って作らなくて良かったのかな？」

「僕用は作るつもりだけどね。トンボはいらないんじゃない？　最悪密造銃もあるしさ」

「いやぁ、あれはさぁ……どうせならもっとかっこいいのがいいなぁ」

どうせならメカメカしいブラスターとか、レーザーの剣とかを持ってみたい。そんな事を考えていた俺に、元船乗りのマーズは超現実的な答えをくれた。

「訓練した事ない人が対人武器なんか持ってても、自分に当てたり相手に取られたりして危ないだけだよ。トンボはさぁ、自分がそういうの持ってたとして相手を攻撃できると思う？」

「た、たしかに……」

ドラゴンとか大蛇とかならまだしも、人間相手に引き金を引けるかというと、ちょっと自信がない。

「今は護衛のシエラもいるし、そっちに任せときなよ」

「……じゃあ、シエラは武器欲しい？」

「欲しい」

自称潜入工作用ホムンクルスであるらしい彼女は、そう言いながらモフモフの腕をぐいっと上げる。たしかにダンジョンでも普通に魔物を倒しまくっていた彼女がいれば、俺に武器はいらないかもしれないな。

「銃とかは使えなさそうだし、近接武器かな？」

「銃、知ってるぞっ、ゲームのやつ」

シエラはそう言いながら、小さな手をぴこぴこと動かすが、まぁ無難に近接武器にしておいた方がいいだろう。俺は生産機械のカタログの中から、腕輪から変形するショックバトンを選んで生産予約を入れた。身につけられるという事は恐らく自衛用のものだろうが、それなら最悪ミスで自分に当てても死ぬ事はないだろうしね。

「えーっと、他には……」

「トンボ用に汎用《はんよう》翻訳機ぐらいはあった方がいいんじゃない？　データは姫が変えてくれると思うし」

「いいね、あとは……」

「糧秣《りょうまつ》っ」

「なにそれ？」

元気に手を上げて知らない言葉を言ったシエラを見ると、彼女は「ごはん」と補足してくれた。たしかに、そりゃあ重要だ。

「まぁトンボがいる限り大丈夫だと思うけど、一応漂流時用の非常用持ち出し袋があるから……」

「宇宙にもそういうのあるんだ」

材料の魔石は沢山あるし、最悪俺のジャンクヤードに入れておけば腐らないので、どんどん予約を入れていく。まぁ、本当の宇宙の武力組織と対峙《たいじ》した時にどれだけ役に立つのかは疑問だが……とにかく備えておくという事に意味があるのだ。

そんな感じで、忙しい合間を縫って進めていた準備が整ったのは、結局秋に入ってからの事となった。

そして駐車場の隅に生えたススキが、風に吹かれてサラサラと揺れる満月の夜。俺たちは旧川島本社の駐車場へ立っていた。

「みんな、ちゃんと工場の方に寄っててね」

「いいよー」

「はーい」

「それじゃあ、下ろすからね」

姫のその言葉と共に、光学迷彩と吸音措置を施した駐車場へ、宇宙に待機させていたサイコドラゴンが降りてくる。

といっても、船自体のステルス機能が働いているからか……すぐ近くに立っていても、大質量の物質が空から降りてきた事によって起こる風と、僅《わず》かな音でしか船の存在はわからない。

姫が出入り口を開けた瞬間に忽然《こつぜん》と姿を表した海賊船《サイコドラゴン》を見て、俺はやはりマーズたちの地元の文明はとんでもないものだなという事を再確認した。そしてそんな俺の隣で、犬のシエラはポカーンと口を開けてサイコドラゴンを眺めていたのだった。

「ふかふかだ」

久しぶりにやってきたサイコドラゴンの艦橋《メインブリッジ》、その四つ目の席に座ったシエラはなんだか嬉《うれ》しそうにそう言って、お尻《しり》をもぞもぞさせている。

「艦長、シエラは船員として登録する？」

「え？　あ、艦長って俺か……登録します」

「じゃ、タブレット触れてー」

「了解」

眼の前に出現した読めない文字のタブレットを触ると、書かれていた赤い文字が緑に変わる。多分これで、シエラは船員として登録されたのだろう。

「そんじゃあ、上がるよん」

気楽な姫の言葉と共にサイコドラゴンはふわっと飛び上がり、空が見えたと思ったらすぐに雲を突っ切り、あっという間に星の海に浮かんでいた。艦橋のモニターには、青く輝く地球が映っていて、シエラは口をポカンと開けてそれを見つめている。

「ここ、どこ？」

「宇宙だよ」

「空の上だよ」

「上？」

「ずうっとね」

シエラは首を傾げているが、まぁサイコドラゴンの大気圏突破は速すぎて実感が湧かないのだろう。ぶっちゃけ俺も二度目だが、あんまり宇宙に来たっていう実感はない。

「艦長、レーダー打つよ」

「どうぞ」

艦橋の天井に吊《つ》り下《さ》げられるように表示された球体の地図に、矢印のような形で示されたサイコドラゴンを中心に波紋が広がっていく。

「あれっ？」

「どしたの？」

「結構近くになんかいる……けど、レーダーを打ち返してこない」

「デブリじゃないの？」

「いや、船舶で信号が出てる……」

二人の話を聞きながら俺も地図を見ると、たしかにちょっと離れたところに船のような形が表示されていた。

「ステルス状態だからこっちを発見はできないだろうけど、レーダー打たれて打ち返さないのはちょっとおかしいね。それってどこらへん？　太陽系の中？」

「いや、太陽系からはもうちょい遠いよ」

マーズはそう言って、地図をズームした。たしかに太陽系からはちょっと離れたところにいるようだ。

「とりあえず、接触とかは考えないでいいんじゃない？　変にこっちに来られても困るし」

「たしかにね。普通に廃船が漂流してるだけって可能性もあるし」

地球《こっち》はまだまだ、同じ星系内の星にもいけないぐらいの文明レベルなのだ、接触して変な気を起こされても困る。危うきにはなんとやらだ、あっちがこちらを探ってこないというのならば、放置でもいいだろう。

「とりあえず、月から小惑星帯ぐらいまでぐるっと回ろうか」

「了解」

姫の操舵《そうだ》するサイコドラゴンはぐんぐん月へ近づき、その周りをぐるっと一周してから火星方向へと離れた。

「すっげぇ……地球から見るのと全然月の色が違う」

「ボロボロ」

「あれはクレーターっていうんだよ」

遠のいていく地球と月を見送った感激に浸る暇もなく、次はあっという間に火星が近づいてくる。

……おかしいな、地球と火星の距離って何億キロメートルも離れてるんじゃなかったっけ？

「なんか、速くない？」

「え？　そう？　隣の星じゃん」

「いやこの船って海賊船だから、加速も最高速もけっこう速いよ。普通の船が電車だとすれば、短距離なら新幹線ぐらいの速度が出せる感じ。少数人運用の高速戦闘艇だから、生命維持も最低限だし」

姫は絶妙にわかりやすい説明をしてくれるが、そういう事じゃない。

「そうじゃなくて、こんな簡単に火星につけちゃうの？」

「簡単に行けなかったら、いくら明日が休みだからって夜から行こうって言わないよ」

「ナイトクルージングだよん」

なんだか、思っていた何倍も、宇宙というのは彼らにとって狭いものだったようだ。と、俺はそんな余計な事を考えていたが……シエラはさっきからずーっと前部モニターに張り付いて、尻尾を振りながら宇宙の様子を見ているようだ。

俺も深く考えないで、彼女と同じようにただ楽しめば良かっただろうか。膝《ひざ》に肘《ひじ》をついて顎《あご》を支える俺の方に、斜め前に座っているマーズが火星を指差しながら身体《からだ》を向けた。

「トンボ、あれって僕の名前になってる星なんだよね？」

「ああ、そうそう。火星の英名がマーズなんだよ」

そして、息子にトンボと名付ける男が猫につけた名前でもある。まぁ別に俺だって、そのセンス自体が嫌いというわけではないけどね……。

大迫力の火星をぐるっと回り、そのままサイコドラゴンはその向こう側の小惑星帯《メインベルト》に突入した。太陽系の小惑星のほとんどが集まっていると言われている火星と木星の間のここに、カワシマ・ワンは将来的に来る予定なのだ。

「危険な生物とかはいなさそうだね」

「ていうか、ここらへんの宙域って全然生物いなさそう。寂れきってるわ」

俺も子供の頃は、宇宙には宇宙怪獣なんかがいてほしいなと思っていたのだが……今はただただ、ここに宇宙怪獣がいない事に安堵《あんど》するばかり。現実世界には、宇宙怪獣を退治しに来てくれる巨人はいないのだ。

「まぁ、計画では資源採掘船はまずはここに来て、石ころでも何でも持って帰るのが課題なんだけど……念のため、いくつかスキャンしとく？」

「宝探しするにしても、宝の地図ぐらいは作っとかないとね。時間使って船飛ばして、ほんとの石ころ持って帰っても仕方ないんだからさ」

俺は姫とマーズのそんな会話を聞きながら、席からぼうっと小惑星帯を眺めていた。

見れば見るほど、宇宙ってやつは凄《すご》い。馬鹿みたいなそのデカさに、まるで異世界のような荒涼さに、どこまでも続く闇の深さに、俺はただただ圧倒されていた。

「トンボ、どったの？」

「いやぁ、宇宙ってなんか……おっかないなぁって……」

「あー、星から上がってきたばかりの時は、みんなそう思うんだよねぇ」

「マーズもそう思った？」

「思った思った、何ここすげー暗いじゃんって」

猫のマーズはそう言いながら耳をぴこぴこ動かして、天井を見上げた。

「でもそのうち、こう思うようになるよ。今まで住んでた星が明るすぎたんだってさ」

「そんなもんかなぁ……？」

「そんなもんそんなもん。船乗りの中にはさ、星に降りてるよりも静かな宇宙の方が落ち着くって人もいるぐらいだよ」

「そうなのかなぁ……」

俺が首を傾げると、前の席に座っている姫が背もたれに腕をかけてこちらを向いた。

「そんなわけないじゃん。船乗りってのは、そういう適性がある人が就く仕事なの。やっぱり暮らすなら星の上がいいと思うよ、それも自然居住惑星の方」

「まぁ、そりゃそうか」

俺はなんとなく、それを聞いて安心できた。こんな寂しいところでずっと暮らしていくっていうのは、ちょっと自信がないからだ。

とはいえ、大学一年の頃の夏休みなんかは、バイト以外で一歩も外に出ない事も多かったしなぁ……自分の持ってる船を自分の部屋みたいな状態にすれば、そこにいるだけで仕事になるっていうのは、それはそれで魅力的な気もしていた。

「……おっ、いいのあんじゃーん」

「姫、なんか見つけた?」

「もち、結構資源あるよこの宙域。持って帰れないぐらいデカいのも多いんだけど……何個かサイズ的にもいい感じのやつがあるよん」

「そりゃ良かった、安心したよ。まぁ最悪それで足りなくても、もう一個遠くの小惑星群まで取りに行ってもいいわけだしね」

マーズはそう言って、機嫌が良さそうに伸びをした。

結局この日は月と火星と小惑星帯《メインベルト》の周りをちょっと確認し、日が変わらないうちに部屋へと戻った。まさに姫の言う通りナイトクルージングなお手軽さで、なんとも気楽な宇宙旅行になったのだった。

◆

うちの資源採掘船は遠隔操作でミッションを熟《こな》す予定だが、最初から人が乗れるように設計されているため、有人飛行も可能となっている。そのため、宇宙機ではなく宇宙船という呼称を使っているわけだ。

重力制御で飛ぶ船という事もあり、宇宙へ出ても機内は地上と同じ重力環境のまま。その気になれば、何の訓練もしていない素人だって普通に乗せられる……らしい。とまあ、そういうスペックがある機械であると、あらかじめうちのサイトでは公開されているのだ。

そうなると、どんなものなのか乗ってみたいと思うのが、人の性というものだろう。ただでさえ、普通の人は一生乗れないなんて言われている宇宙船だ。俺だって、きっとサイコドラゴンを持っていなければ乗ってみたいと思ったに違いない。

なんせ、日本発の宇宙船で人が宇宙に行った事は未《いま》だかつてなく、もし成功できれば歴史に名を残す快挙となる。カワシマ・ワンの試験飛行の目標が月だという事はすでに周知されていて、もしそれに乗って行けたとなれば、そのパイロットは月に上陸する事だって夢ではないのだ。

「ベンチャーの一発目なんて絶対失敗する」

と、そう言われてはいるのだが……もし月に立った人間となれば、それは人類が未だダンジョンという災害に見舞われていなかった頃の、熱い宇宙開発時代以来の偉業となるだろう。

なーんて、そんな事を考えている人間が、意外と各所にいるんだろうか？

カワシマ・ワンが完成したというニュースが流れた数日後、これまで「お手並み拝見」とばかりに静観を貫いてきた、国立宇宙研究所から連絡が来た。

「もしカワシマ・ワンが無事に戻り、次の飛行があるならば宇宙飛行士を派遣しましょうか？」

そんな何とも言えない連絡が来て、丁寧にお断りをした。有人宇宙飛行というのは、うちの計画にないからだ。

うちは川島宇宙旅行ではなく、川島アステロイド、あくまで小惑星から資源を採集する事業なのだ。無人でも問題なく小惑星をキャッチできる機能がある以上、リスクを冒してまで人が乗る必要はない。

しかし、なぜか計画の詳細をきちんと把握しているはずの自衛隊からも、同じような連絡が来た。

「第二次飛行に向けて、宇宙飛行士候補を派遣する」

そんな通達のような連絡が来て、当然これもしっかり断った。

なんと言えばいいのだろうか？　これまであんなに、胡散臭《うさんくさ》い詐欺企業扱いをされていたというのに……いざ実際に宇宙に船が飛びそうになると、途端にこの様だ。いかに宇宙というものが人の心を惑わせるかというのを、まざまざと見せつけられたような気持ちだった。

なお「他所の人間が乗るぐらいなら俺が乗る」と息巻いていた、元冒険者の社員がいたらしいが、そちらは普通に部長からお叱りを受けて終わったらしい。

◆

そんな躍進の秋が終わり、待望の冬もいよいよ深まった。

カワシマ・ワンの受け入れ先、姉ヶ崎《あねがさき》のロケット発射場の準備も完了し、初飛行の計画もいよいよ大詰めになった十二月初頭。俺は姫と一緒に、大型ショッピングモールを歩いていた。

『いよいよクリスマスに発射となりました、月へ行くカワシマ・ワンロケット……』

「だからロケットじゃないんだってぇ……」

「重力制御なんだよ」

「何回も聞いたってぇ」

モールの電気屋のテレビ前、なんだか疲れた感じのお母さんに手を引かれた子どもたちが、ニュースにツッコミを入れながら歩いていく。

悪名無名に勝るという事なのか、それとも月に行くという計画がわかりやすくて良かったのか。カワシマ・ワンの初飛行は、ぶっちゃけ人気のない宇宙関係のニュースにしては、結構デカい扱いをしてもらえていた。とはいえ相手からしても「重力制御と言われても……」という感じなのだろうか、技術的な部分についてはなかなか適当に報じられているようだ。

「よかったじゃんトンボ、テレビよりカードやってる子供の方が良く知っててさ」

「……まぁ、ああいう事は子供の方が好きだからね」

隣を歩く姫にからかわれるのがことのほか気恥ずかしく、俺はそっぽを向いてそう答えた。

年末も迫り、なんとなく急かされているような気がする師走の初め。今日の川島家は、このショッピングモールまで電気カーペットを買いにやって来ていた。これは年末の大掃除の後に床へ敷くつもりの物で、通販で買えばいいだろうと思っていたのだが、姫が現物を見て決めたいと言い張ったのだ。

ちなみにマーズとシエラは着いて早々に輸入食品を扱うコーヒー屋へと向かい、後でフードコートで待ち合わせる予定。なので、物自体はこれから俺と姫の二人で選びに行くところだった。

「おっ、うちの商品」

「おお、こんなとこまで売り込んでくれてんだ」

姫が指差した先、電気屋の日用品コーナーにあったのは、うちが発売している宇宙技術で作られた超断熱水筒だった。紐《ひも》のついた円柱形のそれは、パッと見は無骨なだけの水筒だ。だが中身は凄《すさ》まじい断熱性能を持ち、きちんと蓋《ふた》が締められているならば、一ヶ月ぐらい内容物の温度を保ってくれるというものだった。

ぶっちゃけ一ヶ月も温度が保てたところで、開ける頃には中の物は腐っているだろう。要するに、オーバースペックな一品なわけだが……わかりやすさがウケたのか、高い値段の割にそこそこ売れていた。

「宇宙船モデルのやつもあるね」

「あ、吉川さんが作るって言ってたっけ」

多分上からシールを貼っただけだと思うが、カワシマ・ワンのグラフィック仕様になっているものもあった。

ダブルネックの今川さんから、ドッケンモデルも作るから単価下げてくれって話を受けていたが……ぶっちゃけ他社との兼ね合いで価格を高くせざるを得ないところがあるから、出しても子供には買えないと思うんだけどなぁ。

「他はなんかあるかな？」

「電気カーペットは？」

「そっちは後で見に行くから。たまにはさ、こういうとこゆっくり見るのもいいっしょ」

姫は俺に向かってそう言いながら微笑《ほほえ》んで、体温の低い左手で俺の右手を握った。

「ちょ、ちょっと……」

「だめ？」

姫はそう言いながら肩越しに微笑み、俺の文句なんかお構い無しで、そのままグイグイと手を引っ張っていく。まぁ、姫と買い物行くのって、いつも近所の激安の御殿《ごてん》キテコーテだしな。そもそも彼女はあんまり家から出ないわけだけれど……これが何かのストレス解消にでもなるなら、まぁいいか。

「で、何見に行くの？」

「何でも」

何でも、と言った通り、姫は目に付く店全てに立ち寄った。楽器屋の店先でスタイロフォンをピーピー鳴らし、雑貨屋で弾丸みたいな形のお香を買い、本屋でファッション誌をパラパラと捲《めく》る。

本屋には、ドッケンが載っている漫画雑誌も売っていた。先月俺が作りまくった特典カードが付録として付いてくる号のようで、出たばかりなのに平台には残り二冊程度しか載っていないようだった。

「おっ、あれもうちのじゃん」

「あー、吸水タオルね」

スポーツ用品店の通路側に置かれていたのは、うちが販売している吸水速乾タオルだった。普通のタオルサイズのグレーの布地に『川島』とロゴの入れられたそれは、布の中に約三リットルの水を吸い込むというとんでもない品だ。

普通それだけ水を吸い込むなら、触れた肌からも水分を奪いそうなものだが……そこは宇宙の枯

っていた。

れた技術の集合体、なぜか水は吸っても肌が荒れたりする事はないという、魔法のような商品にな

「臭くならない靴《くつ》の中敷きもある」

「これ、気無《きなし》さんの娘さんが、お父さんにプレゼントしたって言ってたね」

こちらも地味にヒット商品だ。競合他社との兼ね合いを考え、性能と比例して値段も高くしてある川島の商品にしては珍しく、割とお手頃な商品だからだろうか……もうすでに定番商品になりつつあるようで、靴のチェーン店なんかにも納品されているらしい。

「こうして見ると、うちもなんだかんだ結構受け入れられてるんじゃん」

「性能が凄いしね。下請けの営業の人も頑張ってくれてるしさ」

「作ってる社長《トンボ》の功績わい」

姫に肘《ひじ》で腋《わき》をつつかれていると、上着のポケットに入っていたスマホが震えた。

「あ、マーズだ」

スマホの画面には『専務』という名前で電話がかかってきていた。今日は一応別行動をするという事で、会社からマーズ用に支給されているスマホを渡していたのだ。

「あ、もしもし」

『トンボたち何してんの？　もうシエラはご飯食べ始めちゃってるよ？』

「え？　あ、じゃあさっさとカーペット選んでそっち行くね」

『まだ選んでないの⁉　デートが楽しいのはわかるけどさぁ、さっさと選んじゃってよ。僕ももう食べてるからね』

「ごめんごめん、わかったよ」

俺が電話を切ると、姫は苦笑して肩をすくめた。

「ご飯食べてから選びに行く？」

「そうしよっか」

彼女はまた俺の手を取って、エレベーターの方へと歩き始めた。休日のショッピングモール、それも日用品のフロアという事もあってか……周りを見ると、子連れの夫婦やカップルばかりだ。

俺は引かれていた手を辿《たど》り、姫の横に立って歩き出した。彼女が横目でこちらを見て、歯を見せて笑う。俺もちょっと気恥ずかしい気持ちを抑え込み、同じように歯を剥《む》いて笑い返す。

結局、フードコートのすぐ近くまで……温度の低い彼女の手と俺の手は、離れる事はなかったのだった。

# 第七章【万歳と姫と幽霊船】

クリスマス、それは日本人の男にとって……良くもあり悪くもある、きっとそういう日だろう。高校生の頃の俺にとっては、なんとなくつまらない気持ちのまま友達と騒ぐ日だった。大学生になった年のクリスマスは、ピザ屋のバイトで一晩中走り回っていた日だった。マーズと姫がやってきてからは、ケーキやチキンを楽しむ日になった。

そして社長になってから二年目の、このクリスマス。その日は俺にとって、そして会社にとっても、大勝負の日となった。

そんな決戦のクリスマス、その一日前のクリスマス・イブ。俺は事実上の社長室となった会社の地下で、最近日の下に隈《くま》が戻ってきた大人のお姉さんと密談を交わしていた。

「それじゃ社長、後は手はず通りに」

「よろしくお願いします、阿武隈《あぶくま》さん。言っていた通り、俺たちは連絡が取れなくなりますので」

「わかってますよー、全部私と飯田で進めます。そっちも頑張ってよね」

ボア付きフライトジャケットを着た阿武隈さんにそう言って胸を小突かれ、俺はしっかりと頷《うなず》きを返した。資源採掘船カワシマ・ワンはすでに船便で打ち上げ場所へと輸送済み、あとは責任者である阿武隈さんが行ってGOを出すだけ。

そして、俺たちは俺たちでやる事があった。

「まぁ、飛ばした後のトラブルは任しといてよ。トンボだけじゃなくて、副社長もいんだから」

「それは心強いんだけどね。バレたらカワシマ・ワンのニュースが茶番になっちゃうんだからさー、ほんとに気をつけてよね」

「ステルスは万全……と言いたいんだけど、トンボは一回やらかしてるからね」

「もう勘弁してよ。今回はバックアップだから大丈夫でしょ」

そう、俺たちがやる事とは……宇宙に上がり、カワシマ・ワンのバックアップをする事だった。

部長たちに姫やマーズの身元を明かした時点で、すでに一隻別の船を持っている事は話してある。

その船であるサイコドラゴンで、俺たちは最悪カワシマ・ワンが地上から操作不能になった場合の対処のため、月の裏側で待機する予定なのだ。もちろん操作不能になる確率は限りなく低いし、なったとしても事前のプログラム通り動く予定ではあるが、予定は未定、備えよ常にだ。

何より俺たちがバックアップをする事が、ほぼタダみたいなコストでやり得だというのが大きかった。地上からの通信が途絶したらこっちで操作するってだけだし、危険もないからな。

「しかし、初めてトンボ君たちと会った時はさー……こーしてクリスマス・イブに会話する仲になるとは思わなかったけど……」

「色気のある会話じゃなくて申し訳ないけど、勘弁してよね」

「色気のある会話より、夢のある会話のが百倍いーよ。全国の人が見守ってくれてるんだよ？　冒険者やってたんじゃー、こんな楽しいクリスマスにはならなかっただろうし」

「そう思ってもらえるなら、本当に嬉《うれ》しいです」

阿武隈さんは元々宇宙なんかとは全く関係のない人だったのだ。それが、俺の無茶振りに応えて、勉強して出自からバラバラなチームを纏《まと》めて、実際に宇宙船を飛ばすところまで計画を進めてくれた。

彼女がいなくて、俺が頭を張っていたとしたら……きっと宇宙船が飛ぶのは今日ではなく、来年どころか、再来年も怪しかったに違いない。

「阿武隈さん、改めて……あの時、俺の会社に入ってくれてありがとうございました。あの船が飛ぶのは、阿武隈さんの力です」

「まだ宇宙船飛んでないんだけどね。まぁ、ぶっちゃけあたしも久美子も、あの時はお先真っ暗だったからさー、トンボ君に救われたってとこもあるんだよね」

「それでもですよ。阿武隈さんたちがいなきゃ、未《いま》だに一人でひいひい言いながらふりかけ梱包《こんぽう》してましたよ」

そう言って、俺が右手を差し出すと、彼女は「そんな事ないと思うけど」と笑いながらその手を握り返した。小さいけれど固くてしっかりしたその手は、人に安心感を与える阿武隈さんそのものの手だった。

握った二つの手に、マーズの小さな肉球が横から重なる。その下から、よくわかっていなさそうなシエラの肉球も添えられた。

「じゃあ、やりますか」

「やろう」

俺たちは電気を消して、地下を出る。

本社の外の車寄せには、運転席に雁木《がんぎ》さんの乗った社用車が止まっていて、その周りを取り囲む

川島総合通商

ように社員たちが待っていた。そして彼らにポンポン背中を叩《たた》かれながら阿武隈さんは車に乗り込み、窓を開ける。

「じゃあ、行ってきますね！　配信見て応援しててよ！」

そう言った彼女の窓の隣に、飯田部長が立つ。

「それでは現地へ出発する阿武隈部長を、万歳三唱で見送ります。ご唱和をお願い致します！　万歳！　万歳！　万歳！」

万歳三唱にその場の全員の声が重なり、誰かが焚《た》いたスマホのカメラのフラッシュが光る。

「行ってきまーす！」

「気をつけて！」

「事故るなよーっ！」

「配信見てるからなーっ！」

声援を背に、白い商用バンは走り去った。

「じゃ、行こうか」

「俺らも行こう」

俺たちは別に誰に見送られるわけでもなく、呼んでいたタクシーにこそこそと乗り込み、駅へと行ってもらう。そして電車に乗って向かう先は旧川島総合通商、もう一隻の宇宙船《サイコドラゴン》の打ち上げ場所だった。

そんな旧川島総合通商の駐車場。片隅の車輪止めに座って俺たちを待っていてくれた姫は、外国の球団のキャップを被《かぶ》り、小脇にドーナツ屋の箱を抱えていた。

「お待たせ」

「これ、駅前でセールやってたから」

彼女は金色のつぶつぶがまぶされたドーナツを齧《かじ》りながら、そう言って俺たちの方に箱を差し出した。

「そんで、クマさんは大丈夫そうだった？」

「うん、バッチリ送り出してきたよ」

「そっ」

「姫の方の準備は大丈夫？」

「バッチリ。配送ドローンの運行も自動運転システムに移行してきたし」

「それじゃあ、こっちも動ける？」

「うん、じゃあ行こっか」

三回目ともなれば慣れたもので、俺たちはさっさと地上を飛び立った。

カワシマ・ワンに先駆けて出発したサイコドラゴンは、全く危なげなく大気圏を突破。そしてそのまま、月の裏へと飛んでいく。

「やっぱちょっと早すぎたかな？　カワシマ・ワンが上がってくるまでに丸一日ぐらいあるし、下でなんかあった時のためにギリギリまで残ってた方が良かったんじゃない？」

「いやいやトンボ、最悪カワシマ・ワンが飛ばないならそれでいいんだよ。飛んでからトチって作り直しになるのが一番怖いんだ」

「そーそー、何でも最初が肝心。デビューライブで失敗したアイドルには仕事回ってこないんだよん」

まぁ、二人がそう言うなら、このスケジュールで間違いないんだろう。

一応有名チェーンのチキンとか、ちょいお高いケーキとかシャンパンとかは買い込んできたし、ちょっと気の早いクリスマスパーティでもして待っていればいいだろう。

「こないだ見回ったばっかりだけど、一応レーダー打っとくね」

姫がそう言うと、球体の星系図に波が広がった。俺には見方がイマイチわからない図だが、前とは変わったようには見えない。だがその結果を見て、姫とマーズの雰囲気が変わったのだけは、俺にもわかった。

「え？　これ……」

「前のやつかな？」

「じゃない？　おかしいよね、こっちに来る軌道じゃなかったのに」

「この速度だと、あと二日ぐらいで土星って星の近くを抜けるね。掠《かす》めるってほどじゃないけど、地球の近くも通るよ」

「ど、どうしたの……？」

俺が尋ねると、マーズは星系図を指差した。

「前にレーダーが捉《とら》えた謎の船、こっちに向かってきてるんだ」

「もう太陽系に入っちゃってるんだけど、この速度は漂流してるって感じじゃないよねぇ……」

「でも姫、漂流船じゃないのにレーダー打ち返してこないって、どういう船かな？」

「どういう船でも、厄介な感じしかしないっしょ」

「クリスマスプレゼントを持ってきてくれたって感じじゃなさそうだね」

姫は椅子の背もたれに腕をかけて、こちらに振り向き、俺にこう聞いた。

「どうする、トンボ？　飛ばした事もない資源採掘船一隻しかない状態で、地球と他星文明のファーストコンタクトをやりたいってんなら、ほっといたらいいけど……」

「……………」

「今ならまずうちが出ていって、善意の第三者として用向きを聞くって選択肢もあるけど？」

俺に選択を委ねてくれるのはいいけど……それって実質、選択肢はない状態なんじゃないの？

ともかく、迷っている暇はあんまりなさそうだ。こうしている間にも、謎の船は着々と近づいてきている。近づけば近づくほど、地球から観測される可能性は高まるはずだった。

「よし……じゃ、行ってみよう。遠くでコンタクトできればできるほど、地球からはバレにくいはずだし」

「カワシマ・ワンの方は、もういいね？」

「こっちは阿武隈さんたちに任せてある。最悪、資源採掘船は作り直せばいいよ」

「そんじゃあ、ちょっと飛ばすよ」

姫がそう言うと、艦橋《メインブリッジ》の前部モニターの右上に、剣をクロスさせたようなマークが表示された。

……これまで白色光だった照明が、緑がかった色に変わった。

「サイコドラゴン戦闘機動。目標不審船。艦長、いいね」

「あ、じゃあ……サイコドラゴン、発進！」

俺がそう言った瞬間、後部モニターに見えていた地球が、凄《すさ》まじい速度で小さくなった。ただでさえ、あっという間に火星についてしまう速度を持つサイコドラゴン。その多用はできない戦闘機動時の速さたるや、まさに物語の中のワープのような凄《すご》みがあった。

「トンボ、生命維持装置つけて」

「腕輪はしてるけど……」

「銀河警察のもだよ」

「り……了解！」

俺は斜め前のマーズにそう言って、ジャンクヤードから取り出したヘッドホン型の生命維持装置をつけた。マーズもシエラもすでにネックレス型の生命維持装置は装着済みで、それぞれの武器になる物もアクセサリーとして身に着けている。

俺も密造銃を出そうかと思ったが、やめた。船の中であんな何にでも穴を開けてしまう銃を撃てば、敵は倒せても二度と地球へは戻れないだろう。

そして装備と心の準備を済ませた俺たちの前に、謎の船が姿を表すのは……その僅《わず》か十数分後の事になるのだった。

「あれ、船？」

「船は船だけど、やっぱ廃船じゃない？」

前部モニターに映されたその宇宙船は、ほとんど残骸《ざんがい》のような状態だった。全長五十メートルあるサイコドラゴンの十倍はありそうな巨体を持つその船は、土手っ腹には大穴が空いた状態で、艦橋も半分吹っ飛んでいて、どこからどう見ても人が乗っているようには思えない。無人船というよりは幽霊船と言ったほうがしっくりと来る、そういう感じの船だった。

「一応、通信は入れてみるね」

「じゃあステルス切るわ。さすがに太陽系外縁部《こ こ ら へ ん》なら、地球から見られるって事も気にしなくていいっしょ」

姫がそう言うと、前部モニターの右下にあった閉じられた目のマークが、開かれた目のマークに変更された。

「えーっと照会信号は多分どこの銀河でも同じでしょ。えー、本船は川島総合通商所属、サイコドラゴン、貴船の所属を問う。……っと」

「返事なし……」

「まぁそりゃそうだよね」

「ん……？　あれ？　これ……」

「どしたの姫？」

マーズが一番前の姫の席を覗《のぞ》き込むので、俺も立ち上がって覗き込もうとすると……急に船の照明が緑色に変わり、前部モニターに剣のマークが表示された。

「廃船が進路変更！　近づいてきてる！　あっちはこっちを認識してる！」

「えっ！」

サイコドラゴンが謎の船を迂回《うかい》して向こう側に回ろうとすると、たしかに相手はこちらに向けて進路を変更し、全く速度を落とさないまま追いかけてきていた。

「問いかけに返事ないからスキャンするよ」

マーズが何かを操作すると、モニターに映る船の右上あたりにプログレスバーが表示され、数秒で消えた。

「どうなってんの？　幽霊船って事？」

「マジでそうかも、生体反応一切なし、ていうか熱源もほぼなし！」

「艦載ＡＩの暴走かなぁ……？」

「今どきそんな事ある？　……ってヤバい！　あっちのジェネレーター起動！　相手が砲門開いた！」

「全速回避！」

姫がそう叫んだ瞬間、相手の船からチカっと何かが光った。

「もしかして、ビームかなんか撃たれてんの⁉」

「撃たれまくってるよ！」

「艦長っ！　主砲使用時の戦闘モード維持可能時間は十八分！　反撃許可は⁉」

「許可します！」

「っしゃあ！　くたばれ幽霊船っ！」

言うが速いか、姫の操るサイコドラゴンは、幽霊船とのすれ違いざまに主砲を撃ち込んだ。巨大な幽霊船の腹下から目を焼くような光と炎が噴き出し、すぐに消える。もともと沈んでるような状態の船だから、効いてるのかどうかもわかんないな。

モニターの視界がグワングワン回り、その片隅にぱっと光が咲いては消える。全く目では追えない戦いだけど、なんとなくあんまりこちらの攻撃が効いてなさそうな感じだけが伝わってくる。

それでもなんとか状況を掴《つか》もうと目を凝らしていると、右斜め前に座っているシエラが、前部のモニターに指を差してるのが横目に見えた。

「んー、あそこ、乗ってる？」

「え？　何？　シエラ？」

「あれ、蜘蛛《くも》？」

「え？　蜘蛛!?　どれ？　どこどこ？」

ああ、あのモニターがもっと近くにあればな……と、俺がそう思った瞬間、俺の手元に透明なタブレットのようなサイズのホログラフィが現れた。

「あ、これって思考操作ってやつか！」

俺は現れたそのホログラフィを両手で掴むようにして、シエラの元へと持っていく。

「シエラ、これに映ってる？」

「ここ」

そう言って、シエラが投影画面にずぶりと指を突き刺した先。幽霊船の艦橋付近には、ただ漆黒だけがあるように見えた。

「拡大できないのかな？」

とぼやくが早いか、思考操作が働いたのか画面はどんどんズームされていく。そして、その先にいたのは……なるほどたしかに蜘蛛だった。

「げえっ」

それも、巨大で……漆黒で……いっそ美しくすらある、異形の蜘蛛だ。ステルス機能でもあるのか、モニターの向こうでチリチリと揺らめくその蜘蛛は、本来蜘蛛の頭がある部分に、人の身体《からだ》を生やした姿をしていた。何かのゲームで見た事があったそれは、まさしく蜘蛛と人が混ざりあった怪物《アラクネ》だった。

「姫っ！　艦橋の上になんかヤバいのがいるよっ！」

「見てる見てる。ああいう宇宙生物ってのは聞いたことないけど、もしかしたらアレがあの幽霊船を動かしてるのかも……」

「姫！　発熱感知！　対象多数！」

「誘導弾だぁ‼」

アラクネが乗った巨大な幽霊船の船体中から何かが発射され、モニターがそれを赤色にマーキングする。次々にこちらへ迫りくるそれを曲芸のように避け続け、姫の操るサイコドラゴンはまたも幽霊船に主砲を叩《たた》き込《こ》んだ。

しかし、今度は壊れ切っていた場所に当たったのだろうか、爆炎すらも上がらない。こちら側の攻撃は当たっているのだが、どうしても決め手に欠けているように思われた。

「姫、やっぱさっきの蜘蛛に当てなきゃ意味ないんじゃない？」

「やっぱそう？」

「トンボがやってるゲームだったら、絶対あの蜘蛛が本体だね」

「じゃあ、あれ狙おっか！」

視界はぐるぐると回りながら、さっき蜘蛛がいた幽霊船の艦橋に向けて動いていく。

艦首から主砲を撃ちまくりながら、サイコドラゴンが幽霊船の艦橋の上部に迫る。そこにはやはり、漆黒の脚を船に食い込ませた異形の蜘蛛が鎮座していた。そして、サイコドラゴンの主砲がそれを貫こうかというその時……俺の座っている席の背後、後部モニターの方向から、けたたましい電子音が響いた。

「ロックオンされてる！　全力回避！」

ぐわんと景色が高速で流れ、ビームの発射光だけが網膜に小さく焼き付き、残像として残った。

「新手ぇ⁉」

「新手っつーか……艦載機だよこれ！」

「あちゃー……空母だったのかぁ」

背部カメラが捉えたのは、グレーにオレンジ色のラインが引かれたボディの、戦闘《サードアイ》ロボ程度の大きさの宇宙戦闘機。それが……何十機も集まって群れを成しているところだった。

「あんなにいるの⁉」

「トンボ！　まーちゃん！　ちょっといい⁉」

「はいはいっ！」

「砲門が足りない！　カーゴエリア《うしろ》のハッチ開けるから、サードアイで弾幕張ってくれない⁉」

「了解ぃ。トンボ、行くよ」

「アイアイ！」

凄まじい機動戦の最中でも全く揺れない艦橋から出ると、壁面にカーゴエリアに向けての矢印が表示されていた。幽霊船に比べりゃ小さな船だけど、視野が狭まる非常事態の中、案内があるのはありがたい。俺とマーズは矢印に沿って、とにかく走った。

「忙しかったけど、サードアイの修理しといて良かったね」

「ほんとだよ」

「ほんと」

俺たちを追ってきたのか、後ろからはシエラもついてきていた。

「シエラは艦橋で待っててもいいんだよ？」

「トンボ、危ない」

「いや、これぱっかりはほんとに危ないからなぁ……」

息が上がる前に辿《たど》り着《つ》いたカーゴエリアは、外から見るより遥《はる》かにデカく見え、サードアイを直立状態で出せるぐらいの天井高もあった。これも空間拡張技術ってやつのお陰なんだろうか？

「ここが外から見るより広いのってやっぱ宇宙技術なの？」

「この船全部が宇宙技術だよ、いいから早く乗って！」

マーズに急かされながら、膝《ひざ》立ち状態で取り出したサードアイのコックピットによじ登る。そして操縦席に腰を下ろし、ハッチを閉めると……顔の前に薄緑色のホログラフィが表示され、そこに文字が流れた。

『起動シークエンス開始、母艦との接続を確認、射撃統制システムを使用します』

前とは違って、今度は母艦であるサイコドラゴンの支援が受けられるようだ。サードアイの右手にライフルを持たせ、後部ハッチに向けて歩き出すと、コックピットに姫の声が響いた。

『トンボ、ライフルは両手に持たせて』

「あ、そっか」

「今回は固定砲台だからね」

『こっちでロックオンから射撃までやるから、権限を明け渡して！』

「オッケー」

マーズが俺の膝の上でタブレットを操作する中、俺はサードアイを後部ハッチに近づける。

『いい、トンボ？　今からハッチを開けるけど、絶対操縦席から出ないでよ！』

「出ないよ！」

そう答えた瞬間、ガゴンと音がしてカーゴエリアの艦橋側に隔壁が降りた。そして後部ハッチが開かれ、その先には漆黒の宇宙が待っていたのだった。

「なんっにも見えないよ？」

「僕らナチュラルだからねぇ……機械化もしてないし神経も視覚も強化してないし、しょうがないよ」

マーズはなんだか、いっそ気楽そうにそう言った。

「当然こんな状態じゃ高速戦闘にはついていけないからさ、これよりもっと新しい戦闘ロボは神経接続必須《ひっす》なんだよね」

「たしかに、こんな状況じゃ戦いにはついていけないね」

そんな話をしていると、全周囲ディスプレイの俺の視点の先に文字が表示され、敵のものであろう爆炎の光がチカっと煌《きら》めいた。文字はどんどん上に追加されていき、そのたびに光が煌めく。光に眩《くら》む目を凝らして文字を読むと、どうやら『ビームライフル発射』というログが表示されているだけらしい。

「撃ちまくってるみたいだけど、敵ってどっかに見えた？」

「見えない見えない」

「シエラはちょっと見えたぞっ」

彼女はそう言いながら俺の隣で手を挙げるが……グルングルンと超高速で視界が回り続け、太陽か幽霊船かが見えない時は方向すらわからない戦場においては、正直敵の姿が見えたからどうなのだという感じもある。もう、この超高速戦闘はそういう次元を超えている感じがする。

……なんか、想像してた宇宙戦争とは全く違うなぁ。見えた瞬間には敵が爆散しているというビームの撃ち合いは、なんとも心躍らないものだった。

「これって、なんでこっちが撃ち勝ててるんだろ？」

「そりゃ姫が敵の動き全部把握して動いてるからでしょ？　あのタイプの義体、マジですんごい計算能力なんだから」

「ビームって見てから避《よ》けれるんだ」

「まぁ結局そこも計算能力が物を言う世界にはなってくるんだけどね。やっぱハイエンド義体のスペックってとんでもないんだよ」

『義体が凄《すご》いんじゃなくて、使いこなしてる姫が凄いんでしょ！』

そんな話をしながらも、姫が操るサイコドラゴンとサードアイはガンガン敵を撃墜していく。俺の目の間に表示されているログも、だんだん追加される間隔が空いてきた。どうやら雲霞《うんか》の如くいたように見えた戦闘機も、もう残り僅《わず》かとなっているようだ。

『よし！　あと三、二……ゼロ！　残りは蜘蛛だけ！』

「はぁーっ……一時はどうなる事かと思ったよ……」

「船乗り的にはどれぐらいの危機？」

「荷物諦《あきら》めるレベル」

「え？　それってどれぐらい？」

なんて、気の抜けた会話をしていたのがいけなかったのだろうか。俺たちは、宇宙の漆黒の闇に紛れて来る物を、見落としていたのだ。

『幽霊船、ジェネレーター停止。あとは蜘蛛を……って、いない!?』

「トンボッ！　撃って！　眼の前！」

「えっ？」

俺が間抜けにもそう聞き返した瞬間、ガッシャアン!!　という轟音《ごうおん》と共に、サイコドラゴンが揺れた。その震源は、後部ハッチからこちらへ突き出した……真っ黒で、艶《つや》やかで、とんでもなく巨大な蜘蛛の脚だった。

『取り付かれたっ！　艦載機は囮《おとり》だったんだ！』

「撃って……って、ビームライフルが動かないっ！」

「射撃権限が船にあるんだ！」

「姫っ！」

『……やば……シス……侵……入……キング……ンボ……出……』

急に、姫からの通信がおかしくなった。

背中から急に汗が吹き出し、ヤバい予感が尻《しり》から頭の先までを駆け抜けた。俺はサードアイの両手のライフルを投げ捨て、腰にあるビームソードの発生装置を掴んだ。

「二人とも‼　掴まってて！」

そう叫びながら、サードアイは黒い脚に向かって突っ込み……振り抜いたビームソードは、空を切った。何を感じ取ったのだろうか、蜘蛛は切られる寸前に脚を外へと引き抜いたのだ。

「かわされたっ！」

「どうする⁉　トンボッ！」

「打って出るしかない！　こいつ絶対にヤバい！」

『……そ……ちゃ……ダ……砲撃……』

俺はそのまま後部ハッチの縁に手をかけ、サイコドラゴンの上に身体を出そうとした……その瞬間、俺の太ももにシエラの爪が深く突き刺さった。

「いでっ‼」

思考操作で動くサードアイの身体が一瞬止まり、全周囲ディスプレイを白く塗りつぶす光と共に轟音が響いた。

「何すんのさ！　シエラ！」

「なんか、危ないと思った」

生命維持装置が簡易バリアを張っているといえど、内側から攻撃されれば意味などない。俺の太ももには赤い血が滲《にじ》んでいた。

「えっ？　あれ？　これ、どうなってんの？」

ディスプレイは白く焼け付いたままで、その上に真っ赤な警告表示が大量に表示され、警告音が鳴り響いている。

『……ンボ……トンボッ！　出ちゃ駄目！　新手が来た！　戻って！』

「えっ？　新手ぇ⁉」

「あーっ！　トンボ！　サードアイの頭がなくなってるって！」

「頭っ⁉」

『いいから戻って！』

俺は姫に急かされるまま、外の様子も見えないサードアイをなんとか操作し、さっきと逆の動きを行った。つまり、サイコドラゴンの後部ハッチの中に入るように動いたのだ。

『ハッチ閉めるよ！』

姫のその言葉と同時に、ガゴン！　と音がした。

「姫！　どうなったの⁉」

『艦橋に戻ってきて……』

何がなんだかわからないが、とにかく戻った方がいいなら戻ろう。そう考えてサードアイのコックピットハッチを開くと、俺はそのままコックピットの左側の壁に落ちた。生命維持装置に守られて怪我こそなかったが、本気でびっくりした俺はなんとか外へと這い出《はいだ》し……状況を理解したのだった。

「あー」

「トンボ、今は艦橋に行かなきゃ！」

マーズに手を引かれながら、俺はもう一度だけサードアイの方を振り返った。サイコドラゴンのカーゴエリアに力なく横たわったサードアイは、首の根元から上を焼き切られていたのだ。

もう少し身体《からだ》を上に出していれば、コックピットもなくなっていただろう。そう考えそうになった俺は、今だけはその考えに蓋《ふた》をして、艦橋へと走った。恐怖に追いつかれないよう、なるべく速く、必死に走った。

そうして戻ってきた艦橋では、姫が困った顔でこちらを振り返っていた。

「ど、どうなった⁉」

「まずあの蜘蛛《くも》は太陽系の外に飛んで逃げた」

「うん」

「そんで逃げた原因は、突然やって来たあの艦隊が砲撃して助けてくれたから」

姫が指差した前部モニターには、見るからにデカい砲塔が船体中についた重武装の宇宙船が、四隻で艦隊を組んで映っていた。

「うん」

「あの船からね、通信が来てるの」

「うん」

「開くね」

姫がそう言うと、艦橋に通信の音が流れだした。

『……こちらは川島ギルド所属、ユーリカ93。貴船はサイコドラゴンであるか？　繰り返す、こちらは川島……』

「うん？」

川島？　サイコドラゴン？　見知らぬ船からいきなり出てきたその言葉に、思わず艦橋にいる全員で顔を見合わせたのだった。

# 第八章【相棒と姫と故郷の惑星《ほし》】

『川島ギルド所属、ユーリカ93。貴船はサイコドラゴンであるか？』

「こ、これ……話して大丈夫なやつ？」

「助けてもらったわけだし、仁義的にも通信開かないと海賊と間違えられかねないね」

まぁうちは海賊船なわけだけど、本当に海賊なわけではないからな。

「じゃあ、通信しよっか」

「了解……こちらは川島総合通商、サイコドラゴン。ユーリカ93の救援に感謝する、こちらに敵対の意思はない」

『……サイコドラゴン、確認したい。そちらに川島トンボ会頭はおられるのか？』

「…………」

なぜか出てきた俺の名前に、再び全員で顔を見合わせるが……この場合、沈黙が答えになってしまったのだろう。どうも相手は確信を持ってしまったようだった。

『……サイコドラゴン、誓って危害は加えない。近くに上役の船がいる、呼び寄せるのでしばし待って頂けるか？』

「ユーリカ93は当船について、何か知っておられるのか？」

『それは私の権限では答えられないが……慌てる事はない、すぐに来る』

「どういう事だよ……」

なんだか有無を言わせない感じで話が進んでしまったな。とはいえ、待たされている間に、姫は情報収集をしてみる事にしたようだ。

「ユーリカ93、先程は救援して頂き助かった。あの蜘蛛の怪物は一体何だったのか知っておられるか？　ハッキングされ、船を乗っ取られそうになったのだが……」

『あれはトルキイバの獣と呼ばれる、自己進化を繰り返す人造兵器群の一つだ』

「トルキイバ……？　そういう勢力がいるのか？」

『奴《やつ》らの心臓部にトルキイバ工廠《こうしょう》と刻印があるそうだが、そういう勢力があるわけではない。恐らく下の世界からの尖兵《せんぺい》だろう』

「ユーリカ93、他に注意することはあるか？」

『奴らはあらゆる機械を乗っ取る能力を持ち、自らの宿主として単独行動をする宇宙船を狙う。そして奴らは、レーダーを打たれた方向に獲物がいる事を知っている。こういう寂れた宙域では狙い撃ちにされかねない、次からは接近される前に大火力を投射されたし』

「ユーリカ93、情報を感謝する。それと……」

『……サイコドラゴン、どうやら上役の船が来たようだ。続きはそちらで』

俺はそんな姫と相手との会話を、太ももを消毒してでっかい絆創膏《ばんそうこう》を貼りながら聞いていた。

そしてすぐに来る、と言った相手方の言葉の通り、上役とやらの船は数分もしないうちにやってきたようだった。それも、遠くから近づいてきたのではなく、さっきまで何もなかった場所から……サイコドラゴンの数百倍はありそうな、とんでもなく巨大な船がぬうっと姿を表したのだ。

「うわぁ……次元潜航艦だぁ……」

「え？　それって凄《すご》いの？」

「バカみたいな高出力ジェネレーターが必要な代わりに、次元の狭間にある高速通路が使えるって船だよ」

「え？　それって強いの？」

「こんだけ近くにいたら、主砲の余波だけでこの船はバラバラになっちゃうね」

とにかく、相手はとんでもない船らしい。そんな船は腹にあるサイコドラゴンが百機は入りそうなハッチを開いて、そこをペカペカと光らせていた。

『こちら川島ギルド所属、千葉級二番艦、松戸《まつど》である。サイコドラゴンの着艦を願う』

「……あーっ、返事してないのにトラクタービーム撃たれた」

「まぁどっちにしろ逃げらんないよね……」

逃げたところで主砲を撃たれれば終わりだろうし、だいたい小舟と言ってもいいサイコドラゴンで、ワープみたいなものを使える船から逃げ切れるわけがないのだ。

「でもさぁ、ちょっとでいいから考える時間が欲しいよねぇ……なんで相手はトンボの名前知ってたんだろうね？」

「サイコドラゴンって名前も相手から出て来てるわけだし、やっぱ金頭龍《ゴールデンヘッドドラゴン》が絡んでるんじゃない？」

なんだか物凄《ものすご》くローカル臭がする名前の船に引き寄せられながらも、姫とマーズはそう話しているが……それには俺も完全同意だった。

「いきなり撃墜してこなかったから、悪い話じゃないと思いたいけど……」

「悪い話だったら？」

「トンボが前世で何かやらかしてて、見せしめに殺されたりするんじゃない？」

「うわぁ……それ、すっごいやだなぁ……」

マーズに脅された俺が頭を抱えていると、隣からポンポンと柔らかいもので横腹を叩《たた》かれた。そちらに目を向けると、ピンとモフモフの胸を張ったシエラが、ムフーと鼻息を漏らしていた。

「大丈夫、シエラが守る」

「そういえば、さっきも守ってくれたんだよね、ありがとう……でもさ、いざとなったら死ぬのは俺だけでいいからね」

ぶっちゃけ現実感がなさすぎて、もうそこまで恐怖を感じていなかった俺は……そう言いながらシエラの頭を撫《な》でたのだった。

そうこうしているうちに、サイコドラゴンはでっかい船の腹の中に飲み込まれ、向こう側から下船ＯＫのサインが出た。

「一応武装、は置いてくか……刺激したら即撃ち殺されちゃいそうだし、たいした武器もないしね。トンボは汎用《はんよう》翻訳機と生命維持装置だけつけとけいて。まぁ、いざとなったらトンボのジャンクヤードにも色々入ってるから、気だけは楽だね」

マーズはそう言って、腕につけていた輪っかを自分の席に置いた。

「シエラ、ショックバトンは置いてきな」

「武器、大事」

小さな指をピンと立てながら彼女はそう言うが、ショックバトンぐらいで勝てる相手ではないだろう。

「じゃあ俺が預かっとくから」

俺がそう詭弁《きべん》を弄《ろう》すると、シエラは素直に「じゃ、預ける」と言って俺に腕輪を渡してくれた。

そうして各自装備の最終確認を終えると、船から降りる前に姫による最終ブリーフィングがあった。

「トンボ、とりあえず向こうとはまず姫が交渉してみるからね」

「……お願いします」

「シエラも、姫かトンボが許可出すまで戦ったりしちゃ駄目だよ」

姫はそう言うが、シエラはチラッと俺の方を見るだけだ。

「シエラ、姫の言う通りにね」

「わかった」

「とにかく今からハッチ開けるけど……出た瞬間撃たれる可能性もあるから、最初は全員通路に隠れてて」

「外は見えないの？」

「一応銃は構えてないみたいだけど、欺瞞《ぎまん》映像の可能性もある。ネットワークが完全遮断されてるから、今映ってる映像は信用しない。姫から出るから」

「いや、姫がいなくなったら全滅の可能性大だから、僕が出るよ」

そう言って、マーズは一人ハッチの前に立った。

「わかった、まーちゃんお願い」

「ま、副船長だからね……」

そう言って、マーズは音もなく開いたハッチから一人降りていき、後ろ手でこちらを招いた。

降り立った宇宙船の中には様々な人種の人たちが壁を作るように並んでいて、その真ん中にいたのはロボットアニメの制服のようなものを着た女性だった。そんな彼女はなんだか日本人のように見える……というか、なぜかはわからないが、個人的に非常に親しみがおける感じの顔のつくりをしていた。

「そちらの男性は川島トンボ会頭に間違いないか？」

「まず……」

「一言喋《しゃべ》ればわかる、声を出して頂きたい」

何か言おうとした姫の言葉を遮って、ロボットアニメの制服のような服を着たその女性はそう続ける。先頭に立っていた姫は後ずさってこちらに来て、俺に「何か言われても絶対に約束はしないで」と耳打ちをした。

「そちらの男性、川島トンボ会頭に間違いないか？」

「あ、あのぅ……私は川島翔坊《トンボ》と申しますが……会頭ってのは……」

そう答えると、相手の女性は手元のデバイスに目をやり……つぶやくようにこう言った。

「確認が取れた、まず間違いがないだろう……会頭だ」

その言葉と共に、周りの人間たちから一斉に「おおーっ‼」と歓声が上がった。

「えっ、何？」

「我々はあなたをずっと待っていたんですよ。お父さま」

「はっ？　おとっ？　お父さま？」

混乱する俺に、女の人は近寄り……そして抱きついた。そしてまた歓声が湧き、口笛が飛ぶ。俺は今、混乱の極致に達していた。

「どゆこと？」

俺の後ろで、そう姫が漏らしたその言葉こそが、この時の俺が感じていた全てなのだった。

見知らぬ女性に突然抱きつかれ、混乱の極致にあった俺だったが……その女性に、松戸という船の来客対応スペースまで連れていかれてからも、その混乱は全く収まる事はなかった。そこで話された内容は、本当に俺の頭の理解力のキャパシティを軽く超えた、とんでもないものだったからだ。

「私の名前は川島桃子《ピーチ》、あなたの娘です」

「娘って……え……？　え？」

そもそも娘ができるような事なんて、身に覚えもないわけだが……そもそも彼女は、今二十二歳の俺の娘にしては大きすぎる。そんな考えが頭を駆け巡り、言葉にならずに消えていく。彼女はそんな状態の俺に、心を落ち着かせるような優しい口調でこう尋ねた。

「今のお父さまは何歳ですか？」

「おとっ……お父さんじゃないけど……二十二です」

「ではお父さまは、最後に会った時から四百年分ほど巻き戻っていますね」

「えっ⁉　よ……四百ぅ⁉」

「待ったトンボ、とりあえず聞こう」

「話進まないから」

マーズと姫にそう言われ、俺は大きく息を吸い込んだ。俺だって人の事ならそう言ったかもしれないが、それが自分の事ともなれば、黙ってもいられないというのが正直なところだった。本当に見ず知らずの女にこんな事を言われたのならば、ちょっとおかしい人なのかなと思うぐらいなのだが……そう思って自己解決してしまえない事情が、今まさに目の前にあった。

なぜならば、目の前にいる川島桃子《ピーチ》さんは、ぶっちゃけ母方の叔母《おば》さんに激似なのだ。否応なしに血の繋《つな》がりを感じる見た目の相手にそう言われると、心当たりなんかなくても心は揺れるというものだ。

「今のお父さまは信じられないかもしれませんが、あなたは元々は私たちの川島ギルドの会頭だったんですよ。そしてそれを全て捨てて、今の自分に巻き戻ったんです」

「その、川島ギルドって何なの？」

俺の後ろから姫がそう尋ねると、桃子《ピーチ》さんは今度はうちの母にそっくりな様子で苦笑しながらこう答えた。

「お父さまの交換スキルを軸にした、互助会のようなものでしょうか」

彼女の口から出た言葉に、一気にこちら側の緊張が高まった。なぜならば交換スキルというのは、まさにこの場にいる川島家の四人しか知らない事だからだ。

「お父さまは……川島トンボさまは、十度の試練を乗り越えた屈指の修羅人であり、川島ギルドの会頭で、二十兆人の民を養う、魍魎《もうりょう》王と呼ばれる王でもありました」

情報が多すぎて何が何だかわからないが、唯一聞き覚えのある言葉があった。それは修羅人だ。以前マーズたちが、この銀河は『修羅人の庭』だと言っていた。自分がその修羅人なのだとしたら、一体彼女が語る自分というのは何をしてきた人物なんだろうか？

「その、修羅人というのは……？」

「あっ、少々お待ちを……」

彼女はそう言ってこめかみのあたりを右手の親指で押さえ、俺の質問は宙に浮いた。

「お父さまの右腕であった、ローディン副会頭に連絡が付きました。続きはおじさまも交えて……」

彼女がそう言うと、すぐに部屋の壁に映されたホログラフィに人の上半身が浮かび上がった。そうして現れたのは、つややかな黒髪を全て後ろに撫でつけた、渋い微笑を湛えた壮年の男だ。

『こちら川島ギルド、旗艦キングクーシー、艦長のローディンだ。どうした桃子《ピーチ》』

「副会頭、こちら無事に会頭と合流しました」

ローディンと名乗ったその男は俺の顔を指差して、まるで少年のように破顔した。

『あ……？　おおっ！　ほんとにトンボじゃねぇか！　お前宇宙《そら》に上がってきたって事は、地元《チバ》は救えたのか！』

「え？　え……？」

『そうか、そういや巻き戻ってんだったな。俺はローディンだ、お前の相棒にして、戦友にして……部下にして、友にして、おまけに義息でもある、そういう男だ』

「えっと……ローディンさん？」

『……おいっ！　トンボ！』

突然画面の向こうから大きな声で凄まれて、俺は思わずビクッと身体《からだ》を震わせた。

『俺をな、二度とさん付けで呼ぶな。敬語もいらん！』

「あ、はい……」

何か地雷があったのだろうか、まるでナポレオンのようなジャケットを羽織った彼は、不快そうにフンと鼻を鳴らした。

『まぁいい。話を進めるか。いいかトンボ、俺はな……巻き戻る前のお前に、こう頼まれた』

「は、はぁ……」

『もし全てが上手くいっていれば……俺はサイコドラゴンという宇宙船でもう一度宇宙に上がってくる』

彼の言葉に、胸がドキッとした。俺は今まさに、サイコドラゴンで宇宙へと上がってきたからだ。

そして心臓をバクバク言わせている俺の前で、片眉《まゆ》を上げたローディンはこう続けた。

『そして、巻き戻った自分はきっと、頼りない小僧になっているだろう。だから、お前の方でよろしく引き回してやってくれとな』

なんだか、巻き戻る前の自分ってやつが信頼できるような気がしてきたな。

『他ならぬお前からの頼みだ。忙しい俺ではあるが、叶《かな》えるに苦しい所はない……とはいえ、何もかも忘れちまってるってんなら、まずは状況を知りたいってとこだろう？　そっちのお仲間さんたちも』

「あ、はい。いや……うん」

そう、しどろもどろに返事をした俺とは違い、俺の後ろにいる三人は堂々としたものだった。

「ぜひ知りたいね」

「あたしたちこっちの銀河の出身じゃないから、一回星間ネットに繋がせてもらいたいかな」

「…………」

ローディンは「そうかそうか、今度の仲間ははぐれ者か」と大げさに頷《うなず》いて、ポンと手を鳴らした。

『だが、ちと長くなる。桃子《ピーチ》、そっちの別嬪《べっぴん》さんにはネットを手配して、他には酒でも出してやれ』

「いや、飲み物はこっちで用意するよ。ね、トンボ」

『あぁ？』

「おじさま。お父さまたちも、まずは信を得てからでなければ口にはなさらぬかと」

『トンボがこの俺を信用しないなんて事、ありえるのか？』

「全て忘れていらっしゃるのです」

『なぁ、ありえるかって。お前に言ってんだよ、トンボ』

ローディンは、なんだかおっかない顔でそう言うが……俺からすれば、さっき会ったばかりの相手なのだ。

『ションベン漏らしながらヴァイプの炎の下を駆け回った事も、お前の孫の仇《かたき》を取りに銀河警《ぎんけい》察の支部までカチコミに行った事も……エルフ共をだまくらかしてこのキングクーシーをぶん取った事も、本当に全部忘れたっつーのかよ』

「…………」

「おじさま、わかっていた事ではありませんか……」

桃子《ピーチ》さんにそう言われたローディンは、なんだか不満そうに顎《あご》を擦りながら首を回し……まぁ、しょうがねぇかと呟《つぶや》いた。

俺はなんとなく、気まずい気持ちにはなったのだが……なぜだろうか、彼に関しては凄《すご》まれても不思議と怖いという気持ちにはならなかった。ただ彼から伝わってくる、言い知れぬ寂しさのような物を、少し感じただけだ。

「ええと、ネット接続は……」

「こっちこっち。あたしユーリ。桃子《ピーチ》さん、よろしくね」

「こちら公共回線のアクセスキーです」

「あんがと」

姫たちがそんなやり取りをしている間に、一応俺もみんなの前に飲み物を出しておく。地球《じもと》で一番有名な、昔は薬としても飲まれていた清涼飲料水だ。頭が痛くなるような話には、ピッタリの飲み物だろう。

『それじゃあ、今なんでこうなってるのか、という経緯から話すぞ。事の始まりは、巻き戻る前のお前が、今のお前と同じぐらいの年の頃の話だ』

「うん」

『以前のお前は、サイタマという土地にヤマタノオロチってのが襲来して……そのままお前の地元のチバや国の首都を焼け野原にした、と言っていた……』

彼は昔話を思い出すかのように、視線を彷徨《さまよ》わせながらそう話し、その途中で「あっ」と声を上げた。

『そうだそうだ！　結局どうだったんだよ？　おめぇの地元は守れたのかよ？』

ローディンはなんとなく気遣わしげな顔をして、俺にそう尋ねた。

「あ、まあ……一応……蛇は倒せました」

『おっ、そうかそうか！　守れたか！　やったじゃねぇか！　……いやー、それは良かった！』

彼はまるで我が事かのようにそう喜び、本当に嬉《うれ》しそうに笑った。

『お前はなぁ、昔っからずーっと地元を救いたいって言ってたんだよ。スキルで手に入れたっていうオモチャみてぇな船で宇宙に出てきて、帰る場所なんかないって言いながらも……ずっとそれを諦《あきら》めてなかった』

「……………」

『妹はチェリーって言うんだろ？　あの時チェリーを東京の大学に呼んでればって、お前は酔ったらそればっかり言ってたよ』

さっき彼は関東圏が壊滅したというような事を言っていたが……たしかに妹の千恵理《チエリー》が千葉に残ったままで、あの蛇があのまま千葉へと進んでいれば、そういう後悔をする事もあったのかもしれない。

『時間を巻き戻す方法ってのを知ってからは、それ一直線でよ。何百年もかけて準備をして、積み上げたものを全部投げ捨てて、俺たちとの記憶を失ってまで、お前は時間を巻き戻したんだ』

「覚悟はしていた事ですが……お父さんがいなくなった事によって川島ギルドの支配領域は三分の一にまで縮み、民もだいぶんバラけてしまいました」

『桃子《ピーチ》、そんなこたぁいいじゃねぇか！　男が夢を叶えたんだぜ？』

なんかそう言われると、なんとなく尻《しり》の座りが悪いような気もしてきた。

『まぁ魍魎《もうりよう》王のトンボ様が消えて、もう四十年経《た》つからなぁ……後を継いだお前の息子の美張《ビーバー》も頑張ってたけどよ、所詮徒人《ただびと》が修羅人の後を継ごうなんてのは無理があったのさ』

「え？　息子？　徒人？　ちょっと待った、情報が多くて……」

『あー、話がとっ散らかったな。とにかく四百年前、故郷を焼かれたお前は修羅人になって修羅道にやって来たわけだが……何だよ？』

俺は通話画面の向こうのローディンに手を上げて、なんとか話を押し留めた。

「その、さっきから話に出てくる修羅人ってのは、結局何なの？」

『そりゃあ……読んで字の如く、修羅として生きる人間だよ。立ちふさがる者全てをぶっ殺してでも、どうしても欲しいものがある連中、単純に人をぶっ殺すのが大好きな連中、そういう奴《やつ》らが修羅道って異世界に引き込まれて殺し合い、その生き残りが修羅人になんだよ』

「はぁ……い、異世界？」

『ま、修羅道ってのはよ、誰かが作った俺たち修羅人の修練場みたいなもんだ。修羅人は修羅道にて他の修羅人をぶっ殺し、力をつけてまた修羅道を抜けるのさ。お前はゲームになぞらえてレベルアップとか言ってたっけな』

たしかに、聞いていてもなんとなくゲームっぽい感じはする。修羅道というのも、勝ち抜き式の戦争ゲームのようなものにしか思えない。

『そんでまた修羅人は修羅道へ行って殺し合いをして、どんどん強くなるわけだ。だがまぁその過程でだいたいの奴がおっ死ぬ、これが大多数の修羅人の一生なわけだが……そんな中、十回も修羅道に入って抜けたとんでもねぇ男がいる。誰だと思う？』

「え？　ローディン……の事？」

『お前だよお前、川島トンボだ』

そういえば、さっき桃子さんがチラッとそんなような事を言っていたような……。

『とにかく、四百年前宇宙に出てきたお前は、ひょんな事から修羅たる資格を得たわけだ。そしてお前は泣けるほど強い修羅人どもを殺して殺して殺して、宇宙を捻じ曲げるぐらいの力を手に入れた。そんで四十年前にそれを全部注ぎ込んで、故郷を救うために時間を巻き戻したんだよ』

「……その、疑問があるんだけど」

『なんだ？』

「時間が巻き戻ったなら、ローディンたちがその事を覚えてるのはおかしくない？」

『そりゃあお前が巻き戻せたのが、故郷の星のある惑星系だけだったからだろ。いくら極まった修羅人と言えども、全宇宙を思いのままにできるわけじゃないからな』

「な、なるほど……」

もしかして、俺が子供の頃に話題になったっていう、一夜にして星座の位置が変わっていた『地球大移動』なんていう定番オカルトネタは、俺が生み出してたかもって事か？

『と、まぁだいぶ大雑把にはなったが、それがこれまでのお前の話だ。何か質問あるか？　ま、ないわきゃあないと思うが……お前が帰ってきたとなりゃあ、連絡を入れなきゃならん奴らも色々いる。悪いが二、三個ぐらいにしてくれや』

俺が後ろを振り返ると、すでにマーズと姫とシエラはすぐ近くに来ていた。

「まず、相手がトンボに何をさせたいのかってのを聞いといたほうがいいと思うよ」

「それには姫も賛成。条件を提示してもらわないと対策も立てられない」

「あと川島ギルドの事も、もうちょっと詳しく聞いてみようか？」

「いいね、それでいこう」

シエラは顔を近づけてフンフンと鼻を鳴らしていただけだが、とにかく話は纏《まと》まった。

「あのっ！」

『いいぞ。何でも聞け、トンボ』

「ローディンたちは、俺に何をさせたいの？」

『あ？　別に、何も』

「えっ？　何も？」

『だって、俺はお前に巻き戻った後に帰ってきたらよろしくって言われてただけだしな。そっちの桃子《ピーチ》だって、お前の言いつけで迎えに行っただけだろ。これからのお前の事はお前が決める、当たり前だろ』

「お、俺の言いつけ？　……って何？」

「戻る時はサイコドラゴンという宇宙船に乗って戻ると、お父さまが言ってました。事前に取り決めてあったビーコンの信号が先日からこのあたりに出ていたので、艦隊に探させていたというわけです」

「はあっ？」

「今日お父さまたちと生物兵器との交戦があった事で、ようやく詳しい位置がわかって、こうして迎えに来られたのです」

「む、迎えに来た後って、俺はどうしろとか言ってなかった？」

「いえ。別に、何も」

なんだか混乱する俺の背中を、ポンポンとマーズの肉球が叩《たた》く。

「トンボ、もしかして金頭龍《ゴールデンヘッドドラゴン》って、この人たちの仕込み？」

「あ、なるほど。そういう考えもあるのか」

『どうしたよ』

「いやっ、そのぅ……金頭龍《ゴールデンヘッドドラゴン》商会って知ってる？　サイコドラゴンを売ってくれた商会なんだけど……」

『売ってくれたぁ？』

「うん、故郷を襲った大蛇の素材と引き換えに売ってくれたんだけど……」

よく考えたら、サイコドラゴンが俺の手元に来る事が、最初から決まっていた事なのだとしたら……蛇と戦う前に手に入っていないと、色々と辻褄《つじつま》が合わない気もするんだよな。

『それ、相手はヒッチ家のティタか？』

「家名はわからないけど、たしかにティタって名乗ってた」

『そりゃあお前、試されたんだよ。ティタってのは修羅人としてのお前の使徒だ、人ってのは神様を試したがるもんだからな』

そう言いながら、ローディンはガハハと豪快に笑った。

使徒ときたか……たしかに、あなたのティタなんて言ってたっけな。でも俺は神様になった覚えもないし、記憶にない相手から試される方はたまったもんじゃない。しかしそうか、あのおっかない商会は、やっぱり俺と因縁があったって事か……。

『そういやトンボ、今度のお前はなんで宇宙に出てきたんだ？　お前お得意のアニメの真似事か？』

この人の中の川島トンボ像ってのは一体どういうものなんだろうか？　とはいえ、自分にそういう部分がないと言ってしまえばそれは嘘になるだろう。

俺は斜め後ろに立っているマーズに手を向け、彼にこう話した。

「実はさ、このマーズの地元が二つ隣の銀河にあって、どうしてもそこまで送っていってあげたいんだよね」

『なるほどなぁ。さしずめ、仮死状態のそいつが二つ隣の銀河から、交換スキル経由で送られてきたってとこか？　そんで姿を見て同情して助けた、そんなとこだろう』

「えっ」

なんか……本当にこの人、俺の相棒なのかもしれないという感じがしてきた。俺に対する理解度が高すぎる気がする。

『そんなもんをわざわざ助けちまうのも、お前らしいっちゃお前らしいが……今は無理だな』

「いや、それはもちろん、サイコドラゴンで行こうってわけじゃなく。ちゃんとでっかい船を作ってからって話になってて……」

『そうじゃない。おい桃子《ビーチ》、星図出してやれ』

ローディンはそう言って、手元のグラスの中身を飲み干す。

彼に指示をされた桃子《ビーチ》さんがこめかみに指を当てると、ローディンの隣に球体の地図が表示された。

『今表示されている領域を、デイラン地方という。だいたいこの銀河の八分の一程度のデカさの地方なんだが……今ここは周りの地方から攻められてる最中なんだよ。それがどうにもならない限り隣の銀河どころか、観光旅行にも行けねぇ』

「え？　それって何で？」

俺が尋ねると、ローディンは渋面《じゅうめん》を作りながら顎《あご》を掻《か》いた。

『デイランにはヴァイパイフォプスっていうとんでもねぇエルフの修羅人がいてな。そいつが全方向に向けて喧嘩《けんか》を売りまくったせいだよ。包囲されてるのもそいつ狙いでよぉ、うちを含めた他の連中はとばっちりなんだよ』

「でもさすがにその人も、包囲されるような数には勝てないんじゃないの？」

『わかんねぇ、ヴァイプは半端じゃねぇからな。デイランの勢力含め、周りは全部あいつの敵だっつーのにこれまで誰にも負けてねぇ。逆に負けた修羅人は全員ぶっ殺されて、その領域の現生人類から下位世界線の人間まで全部奴隷にされてんだ、最悪だよあいつは』

そう言いながらも、ローディンはなんだか楽しそうに笑った。

『デイランの中でも、手ぇ組んでヴァイプを倒そうって動きもあるが……まぁ凡百の修羅人が何人集まったって勝てねぇだろうな』

「そんなに強いの？」

『天下の魍魎《もうりょう》王様だって、ヴァイプ本人とは真正面からやり合わなかったぐれぇだよ。まぁでも、修羅人の強さってのは単純なもんじゃねぇからな。上手くやれば案外あっさりと勝てるかもしれん』

彼は肩をすくめてそう言い、笑顔でこう続けた。

『つーわけで、近々でっけぇ戦があるかもしれねぇが……まぁなるようになる。お前はもう修羅人じゃないんだ、どっか隠れてな」

つまり、それが収まるまでは大人しくしていろという事だ。

「ちなみに、どんぐらいかかりそう？」

『まぁ百年も見ときゃいいんじゃねぇのか？』

「ひゃ、百年……」

時間感覚が違いすぎる……そんな事を考えていた俺の背中を、肉球がポンポンとタップした。あ、そっか、他にも聞いとかなきゃいけない事があったな。

「あ、あと……もう一個質問いい？」

『言ってみな』

「川島ギルドって、結局どういう集まりなの？」

『えっ？　なんだろうなぁ……』

俺がそう聞くと、ローディンは視線を上にあげ……右手の人差し指と中指で、コンコンと自分の顎を叩きながら考え込んだ。

『うーん……互助組織……いや、はみ出しもの……有象無象《うぞうむぞう》の集まり所帯……あ、そうそう！　お前がよく、こう言ってたっけ』

「俺が？」

『そうだ。宇宙海賊川島ギルドってな』

彼はそう言って、なんとも上機嫌そうに笑ったのだった。

結局ローディンには「そのうち会いに来い」と言われ、通信コードの交換をして通話は終わった。

後に残されたのは混乱した俺たちと、なんだか嬉《うれ》しそうな顔をした桃子さんだけだ。

「それで……お父さまたちは、これからどうされますか?」

「えっと……」

「一旦《いったん》星に帰りたいんだけど」

マーズのその言葉に、彼女はニッコリと頷《うなず》いた。

「ではそのようになさってください。何かあれば、おじさまと同じくいつでもご連絡を」

どうやら、桃子さん側にこちらを拘束するつもりは一切ないようで、あっさりと離艦許可が出た。

彼女からすれば、本当に言われていたから迎えに来た、という以外の意図はないんだろう。どっと疲れた身体《からだ》をなんとか動かし……俺たちはサイコドラゴンへと戻ってきた。

相手に引き止める意図がない以上、出られるうちにさっさと出てしまった方がいい。なのでこの船から繋《つな》がっている姫のネットでの調べ物が終わり次第、出発する事に決まったのだが……戦闘やら会見やらで身も心もクタクタの俺たちはとても座っていられず、艦橋の床に行儀悪く寝転がって、クリスマス用に買い込んだ料理をパクついていた。

「ていうか、どうしよっか? 宇宙船ができてもマーズの故郷にすぐには行けなさそうだけど……」

「いやいや、それより近くのヤバいやつが連合軍と戦争中ってのが問題じゃない? トンボの星も巻き込まれかねないんじゃないの」

「いやなんか、正直話がデカくて現実感なくてさ……めちゃくちゃ強いエルフがいる言われてもって感じで……」

「エルフ、怖いやつら」

「まぁ、長生きな人たちだもんね……」

有名な専門店のフライドチキンを食べながらそんな事を話していると、ずっと腕を組んで黙っていた姫が「うん」と声を上げた。

「だいたいわかった」

「え？」

「ざっと調べ終わったから、とりあえず船出すね。そろそろ帰らないと、カワシマ・ワンの方も心配だし」

と、言うが早いか、寝転んだ俺たちを乗せたサイコドラゴンは動き出した。

行きに入ってきたハッチは開かず、小さい通路のようなものへと誘導されているようだ。船はペカペカと光る誘導灯を辿《たど》り、至極あっさりと次元潜航艇松戸の外へと出た。多分行きに使ったハッチは、本来はもっと大きな船を入れるために使うものだったんだろうな。

「おっ、通信」

「松戸から？」

「そうみたい」

『こちら川島ギルド所属、千葉級二番艦、松戸。サイコドラゴンのご安航を祈る』

「こちら川島総合通商、サイコドラゴン。感謝する、こちらも貴艦のご安航を祈る」

通信が切れ、艦橋の照明が緑色に変わった。全速力の戦闘機動で、サイコドラゴンが地球に向けて飛び始めると……姫は張り詰めていた空気をようやく緩め、ふうっと大きなため息をついた。

「そんでまぁ、ネットで情報ざっと見ただけなんだけど……なかなか結構厳しい状態だわ、交渉とかはできそうにないかな」

「この地方を包囲してる軍隊とって事？」

骨なしチキンを頬張ったマーズがそう尋ねると、姫は力なく首を横に振った。

「両方。ヴァイパイフォプスって方は言わばエルフ原理主義者って感じで、エルフ以外を全部下等な生き物と断じて支配しようとしてる」

「うへぇ」

「この地方を囲んでる軍隊は、包囲を解いてもらいたきゃヴァイパイフォプスの首を持って来いって感じのスタンスを取ってて、結構頭も煮えてて融通が利かない感じ」

姫は寝転んだ俺の頭の横に腰を下ろして、チキンの入ったバケツからおしりの部分の肉を取り、かぶりついた。

「ふぁとひって……んっ、川島ギルド他の勢力がヴァイパイフォプスに勝てるかっていうと、それもちょっと厳しい感じに見えるんだよねぇ。そもそも周りは全部敵みたいな奴がここまで生き残れてる時点で、戦力としては小粒なわけ」

「じゃあ、マジで百年待たなきゃいけないの……？」

俺がそう尋ねると、姫は今度は首を傾げて唸《うな》った。

「うーん……そうでもあると言えるし、そうでもないと言えるのかも。なんつーかなぁ、トンボにもわかるように言うと、この銀河ってのは戦国時代なわけ」

「せ、戦国時代……？　群雄割拠の？」

「そっ、だから色んなところから恨みを買いまくってるエルフが、周りと全面戦争始めるとなると……包囲の外の勢力まで参戦してくる可能性は大いにある。デイランの勢力と同盟関係にあるとこも外側に色々いるから、今外に出られないってだけで、ローディンの言う通り隠れて待ってたら案外どうにかなるのかもしれない」

「……なるほど」

「つーか、この銀河ってずーっとそんな感じみたい。歴史を遡《さかのぼ》っても、でっかい戦争してない時代が皆無ってぐらい、延々と戦争やってる感じ。まさに修羅道の銀河、修羅人の庭だわ」

修羅道っていうと、地球では人がずーっと戦う仏教の地獄って意味だったっけ。たしかに、そんな感じに思えるなぁ。

「ぶっちゃけ、トンボがまだまーちゃんを送っていくつもりならだけど。今姫が考えてる選択肢はふたつある」

姫は左手で指を二本立て、右手に持った肉をその周りでフワフワと動かし……おもむろに三本目の指を立てた。

「その前に聞くけど、まーちゃんはもっかい冷凍されて、トンボのジャンクヤードからヴァラクの能力者経由で帰るつもりはない？」

「……姫なら、その選択肢って選ぶ？」

「絶対選ばない」

「それが答えだよね。自然に起きられない眠りにつくのなんて、死ぬのと一緒だよ」

マーズのその言葉を受けて、姫は苦笑しながら立てた指を折り曲げた。

「じゃ、話すね。ひとつ目は、川島ギルドを通じて戦争に協力し、エルフを退《しりぞ》ける事」

「うん」

それは多分無理。うちは今日、ちょっとデカいぐらいの宇宙怪獣にも全滅させられそうになったのだ。修羅人なんていうおっかないのと戦って、無事でいられるわけがない。

「もうひとつはね、ガチのステルス機を作って戦場をすり抜ける」

「え？　ステルス機？」

「いやでもさぁ姫、僕たちが作れるレベルのステルス機じゃ、普通に見つかっちゃうんじゃない？」

マーズがそう言うと、姫は不敵に笑いながらポンポンと膝《ひざ》を叩《たた》く。

「まーちゃん、姫が誰だか忘れてる？」

「え？　どういう事？」

「姫は軍事企業《ヴァラク》の姫だよ、こっちにない技術を使った最新のステルス機の図面ぐらい、その気になれば引き出せるっつーの」

そう言って、姫は不敵に笑った。そういえば、姫の実家はなんか軍事系って言ってたっけ。

「いや、それってやったらめちゃくちゃヤバいんじゃない？」

「そうそう、軍事機密って……流出したらとんでもない事になるんじゃないの？」

「ぶっちゃけうちのパパなら、姫が帰るためって言えば許可してくれる可能性はある。でもねぇ……」

そこまで言って、姫はゴロンと後ろに寝転がる。そして、姫の腹の向こうから、指が三本立った手が上に伸びてきた。

「それには三つ問題があるかな」

「三つも？」

「いやむしろ、三つだけ？　って感じだよ」

姫はまーねーと言いながら、指を一本折り曲げた。

「まず一つ、そこそこ高度な造船技術がないと、船が作れないだろうって事。でもこれはまぁ、資料とそこそこの人材がいればなんとかなるかも」

「最新の船が作れるそこそこの人材って、エキスパートって言わない……？」

マーズの言葉を流して、姫はもう一本指を折った。

「次に、建造のために特殊な材料を山ほど使うだろうって事。これはジャンクヤードで取り寄せるにしても、ジャンクヤードの等価交換の法則が問題になってくる」

「つまり、交換するに値するような貴重品をかき集めなきゃいけないって事？」

「そっ、まぁその場合は川島ギルドとかに仕事紹介してもらったりして、お金を作らなきゃいけないかも」

「貧乏暇なしだなぁ……」

フライドチキンの骨を口に咥《くわ》えたままそういうマーズの向こうで、姫は最後の指を折り曲げた。

「最後、これが一番重要。情報流出を最低限にするために、できれば秘匿性の高い場所で作りたい。機密がバレたらステルスの意味がなくなる」

「……でもそれって、一番厳しいんじゃない？　僕たちこっちの土地勘ないわけだし、秘匿性って言ってもさぁ」

「そうなんだけどねぇ……そうでもないっていうか……ちょうどいいって言えば、ちょうどいい星があるんだよねぇ」

姫はそう言いながらむくりと身体を起こし、骨になったチキンをゴミ入れにポイと捨てる。そしてすっくと立ち上がって、ビッと艦橋の前部モニターを指差した。

「ほら、見えてきたっしょ？」

「えっ？」

「それって……マジ？」

「そっ、あの星《ちきゅう》」

不敵な笑みを浮かべた姫の視線の先にある、サイコドラゴンのモニターに映されていたのは……今まさに地球から飛び立ってきたばかりの資源採掘船《カワシマ・ワン》と、その目的地である黄金の衛星。そしてその背後で美しく真っ青に輝く、俺の故郷の地球《ほし》だった。

「カワシマ・ワンも無事上がってきたし、ネットも大盛り上がり。この勢いで火星ぐらいまでは入植しちゃお」

「そんな大っぴらにやっちゃっていいの？　秘匿性って言ってたけど……」

「その程度の科学力しかない星で、最新鋭のステルス機作ってるなんて誰も思わないでしょ」

姫はモニターにカワシマ・ワンを大映しにして、俺の隣にしゃがみ込んだ。

「姫、この星気に入っちゃった。気候もいいし、空気も綺麗《きれい》だし」

「たしかに、いい星だよね」

色んな星を知っている彼女たちがそう言うなら、そうなんだろうか。この星しか知らない俺から

すれば、いいも悪いもないような気もするけど、生まれた星が褒められるのは、悪くないような気がした。

「東京もいいけど、千葉も好きだよ」

姫はそう言いながら、俺の隣にしゃがみ込んだ。

「だから……ありがとね、トンボ」

「何が？」

「千葉を守ってくれて」

「えっ？」

思ってもみなかった事を言われて彼女の方を見ると、金色の瞳《ひとみ》と目が合った。

「誰も言わないから、姫が言っとく」

「……ありがとう」

俺がそう返事をすると、そっと肩に彼女の手が回ってきた。戸惑いながらも抱き返し、モニターに映る星を二人で見つめる。たしかに、こうして見ていると、本当に美しい星だ。

この星の俺の故郷が、見るも無惨に焼け落ちたのだとしたら……修羅人だった俺が必死になってそれを取り戻そうとした気持ちがわかったような気がした。

「ありがとう……ございました」

俺は誰に言うでもなく、そう呟《つぶや》いた。いつかどこかで見た、でっかい背中をしていた男が……歯を見せて、身体を揺らして笑った気がした。

# 間章【運と仕事とクリスマス】

昔っから、運はいい方だった。

ダンジョンが日本に現れた大混乱の中で、俺の生家である雁木《がんぎ》家は、誰一人欠ける事なくその波を乗り切った。父は身体が強く、その子供である俺もまた、身体が強かった。

そして地方に生まれた腕っぷしが強い男が就く仕事といったら、それは自警団か冒険者しかない。恵まれた素質を持ちながら人間の生存圏確保のための戦いに参加しないような者は、もはや地方では人間扱いをされなかった。

更に運がいい事に、俺はスキルを発現した。それもすぐに使える戦闘スキルで、武器の調達もお手軽な『抜刀』というスキルだ。そしてそのスキルは、非常に俺に合っていた。

どんな魔物にも負ける気がせず、実際負けず。自警団の有望株として出世コースに乗り、戦い以外の事も教えられるようになった。そして自分にはまだまだ早い気もしていたが……スキル持ちの上司の妹という、可愛《かわい》い婚約者までできた。

まるでアニメの主人公みたいだな、と二十年来の友達が言った。実のところ、俺自身もそうだと思っていた……町に魔物が津波のように押し寄せてきた、あの日まではだが。

とはいえ、俺はやはり運が良かったんだろう。魔物に壁を抜かれたうちの地区で生き残ったのは、俺を含めた十数人だけ。一生越えられないと思っていた大きな背中の父も、お前は生き汚いからな、なんて軽口を飛ばしていた友も、同じ地区を共に駆け回って育った、先輩だった上司も……そしてその妹も、みんな先に逝ってしまった。

それからも、俺は運良く生き残り続けた。故郷に柵《しがらみ》がなくなって東京に出てきてからも、冒険者になってダンジョンに潜り始めてからも、俺は運良く死ななかった。気の良い男たちと組んだパーティも、誰かの代わりに入れてもらった女だらけのパーティも、気がつけば俺だけが運良く平気で、他はみんな死ぬか引退するかでどんどんいなくなった。

一人だけ元気に現場に残れた身分でこんな事を言えば、これまでの仲間たちに叱られてしまいそうな気がするが……彼らとの別れを幾度も繰り返すうち、俺はだんだんこう思うようになった。もしかしたら自分は、こういう荒っぽい仕事に向いていないんじゃないか？　と。だって人より強く生まれ、スキルを授かり、運にも恵まれたというのに……俺は結局、一度も自分の居場所を守れていないのだ。

自分だけ生き残って、幾ばくかの金は手元に残って……それを心底ラッキーだと思って笑える人間だったら良かったが。どうも、俺はそうではなかったらしい。なんだかんだと人並みに傷ついて、人並みに悩んで、人並みに倦《う》んで……人並みに足を洗いたくなったのだ。

そんな時でも、俺は運が良かった。ダンジョンでできた友達であるトンボ君の会社が、なんと宇宙事業を始めるのだという。その話を聞いて……俺は今はなき実家で星座の図鑑を読んでいた、子供の頃の事を思い出した。そしてどうせ足を洗って普通に生きるなら、あの頃の自分に自慢できるような人間になりたいと、そう思ったのだ。

だが宇宙関連事業というのはエリートの仕事、普通は俺みたいな地方生まれの低学歴は入れない。

とはいえ、どうしても諦《あきら》めきれなかった俺は、友誼《ゆうぎ》に縋《すが》ってなりふりかまわず頼み込んだ……そしてもう一人の猫の友人の取り成しで、なんとか彼の会社に入れてもらえたのだ。

そうして俺は生まれて初めて、自分の腕っぷし以外を頼りに生きていく事になった。

「雁木、俺は貴様の前歴や、社長との関係をとやかく言うつもりはない。だがな……仕事は仕事、きちんとこなしてもらうぞ！」

なーんて事を自衛隊出身の同僚である桑島《くわしま》さんに言われながら、俺はこれまで全く未経験だった書類仕事に邁進《まいしん》した。あやふやだったパソコンの操作も本を読みながら慌てて覚え、足手まといにならないように、英会話のレッスンにも通い始めた。

自衛隊というのは……冒険者からすれば、同じ溝浚《どぶさら》いをしているのに、立場を鼻にかけた嫌な奴《やつ》らだと思っていた。だが同僚になってみれば、彼らはなるほど物が違う。個人の集まりだった冒険者とは違い、系統立った知識と経験を持ち、何よりとにかく素直だった。

俺たち冒険者のように、何が一番得になるのかなんて、いちいちゴチャゴチャ考えたりしない。とりあえずまずは手を動かしてみる、そんながむしゃらさと、それを支える腰の強さを持っていた。

考えてみれば、自衛隊というのは魔物との戦いの最終防衛ラインだ。特に首都圏の自衛隊は、たとえ自分が死んででも国を守るのだという覚悟を持っている。自分で全てを判断して、何がなんでも生き残っていかなければならない冒険者とは、質が違うのは当たり前とも言えた。

それでも、なんだかんだと同じ方向を向いて働いていれば、仲は縮まるものだ。俺や部長といった冒険者組も、自衛隊組も学者組も、立ち上げからの数ヶ月でだいぶ打ち解けてきていた。特に自衛隊組のリーダー格でもある桑島さんとは、よく就業後に飲みに行く関係にまでなった。

「……雁木、社長は会議でどう言っていた？」

「なんか、冒険者向けのサービスを拡充するって言ってたよ」

「そっちじゃない、うちの部に関係ある話だ」

彼は役職者会議があるたびになぜかこうして俺に探りを入れてくるのだが、本人もまさか俺からまともに情報が出てくるだなんて思っていないだろう。結局のところ、そんなものは仕事と称して人を飲みに誘うための、不器用な桑島さんの照れ隠しのようなものだった。

俺の方も、この間の会議で副社長と専務が自分を宇宙人だと言い出した事や、毛生え薬がどうこうなんて話が出た事など、話せるわけがない。桑島さんはそんな俺の隣で芋焼酎《いもじようちゆう》のお湯割りをガパガパ飲みながら、すでに赤くなり始めている顔をこちらに向けた。

「正直どうなんだ？　おい」

「そういうのは阿武隈《あぶくま》部長に任せてあるから」

「社長は素人だろ？　会議で無茶を言いだしたらお前も止めてくれよ」

「わかってるって」

「わかってないわかってない」

まぁ、トンボ君を止めるのは飯田部長がやるだろう。なんとなくマーズ君はトンボ君の思いつきをなぁなぁで通しちゃいそうだけど、副社長っていう絶対的な存在もいるし、問題ないと思うんだけどね。

「いいか、俺はなぁ俺はなぁ、自衛隊がどうかってのは関係なく、このプロジェクトを成功させたいんだよ。うちの娘だって期待してるんだぞ」

「わかってるよ」

「わかってないわかってない、凄《すご》い船なんだぞあれは。人類の未来を乗せる船だ。娘だってパパ頑張ってねって言ってるんだぞ」

「飲みすぎだよ桑島さん」

「飲んでない飲んでない」

特機乗りになりたかったらしい桑島さんは、酒が進むといつも「うちにもロボットに乗れる部署があればいいのになぁ」とか「せっかく宇宙船作るんだから、俺や娘も乗せてもらえないかなぁ」とか零《こぼ》し始める、結構愉快なオッサンだった。

そしてもちろん、仲良くなったのは自衛隊組だけじゃない。学者組にも、飲みに行く仲になった同僚はいた。

「雁木さん、社長は会議でなんて言ってました？」

「なんか冒険者向けのサービスを拡充するんだって」

「それはいいんですけど、宇宙船の事は何か言ってませんでした？」

曇り切った眼鏡《めがね》をかけ、前髪で目が隠れている鈴木《すずき》さんは、レモンサワーを飲みながら俺にそう尋ねた。

「そっちは阿武隈部長に任せてあるからなぁ」

「そういえば、阿武隈部長と社長ってやっぱアレなんですか？」

「あー、そこは正直、そうでもおかしくないと思ってたんだけどなぁ……」

阿武隈さんは冒険者時代、トンボ君に命を救われているのだ。それ以前から結構仲良さそうな感じもあったし、コブ付きだけどデートにも行ってたし、漫画やアニメなら絶対にくっつくところだったんだけど……やっぱ相手が悪かったのかな？　あの副社長が相手じゃね……。

「結局どうなんですか？」

レモンサワーをぐびぐびいっている鈴木さんは、身だしなみには全く気を使わず、髪は伸びっぱなし、洗濯も時々、なんなら平気で会社に三泊したりする人なのだが……そんな彼女でも、男女の有機的な話に興味がないわけではないようだ。

「ぶっちゃけ噂の副社長が正妻で、阿武隈部長は愛人なんじゃないかってみんな言ってますけど」

「いやいや社長はマジでそんな器用じゃないよ。こんなに会社デカくなったのに、未《いま》だに大学行ってんだよ？」

「社長の大学って、東大《うち》ですか？　それとも早慶？」

「鈴木さんの知らないようなとこ」

普通なら、学生起業した会社がこんだけデカくなったら大学なんか辞める。でもアイテムボックスの異能を持ってて、副社長と専務っていう宇宙人二人の代理人になってまで通い続けるって事は、もう筋金入りだ。頑固なんだか臆病《おくびょう》なんだか全くわからないが、その部分は逆に、俺が彼を信用に足る人間だと思える部分でもあった。

トンボ君はきっと何も捨てられない人間なんだろう。全部抱え込んで、それでもなんとかしてしまえるだけの異能《ししつ》があって、それを支えてくれる人を捕まえておける運と人間性がある。

やはり俺は運がいい。きっと彼の下にいれば、もう俺だけが取り残されて一人ぼっちになるような事はないだろう。

そんなトンボ君の主導した、巷《ちまた》で色々言われている川島総合通商の悪いイメージ払拭《ふっしょく》戦略というものは……アステロイド事業部にもいい影響をもたらした。というか、アステロイド事業部が一番その戦略の恩恵を受けたと言っても、過言ではないだろう。

会社が毛生え薬や歯生え薬やカードゲームなんかの対応に右往左往している間、川島アステロイドはまさに追い風に乗っていたのだ。

「部長、この後三時から雑誌のインタビューです」

「はいはいっ」

「部長、自衛隊の広報から……」

「それは桑島さんに回して」

「部長、宇宙系Vtuberからの取材が入ってますけど、受けていいですか？」

「Vtuberって何？」

「えっと、アバターっていうのかな、アニメの身体《からだ》みたいなのを操作して生配信とかをやってる人たちなんだけど」

「それってネズミーランドのカメさんトークみたいなやつ？」

「そうそう、そんな感じ」

「まぁ、ガイドラインに則って大丈夫そうなら、雁木君のほうで受けちゃって」

とにかく、トンボ君が始めたドッケンの件で海外セレブから川島が評価され、世間からの注目度が上がって全てが上手くいき始めたのだ。去年の年末は自衛隊と組んでミサイルを作っているだのなんだのと言われていたのに、あっという間に新進気鋭の宇宙開発企業扱いだ。

おそらく副社長が用意したのであろう宇宙の物品は、なるほど物凄《ものすご》い劇薬だったが、それだけにたしかに効いた。川島アステロイドの面々は、これがチャンスとばかりに変わったイメージを積極的に固めにかかっていたのだった。


そんな日々の中、イメージ戦略というやつが上手くいきすぎて……ちょっとだけ気まずい事もできた。そう、ダブルネックに販売を引き継いだドッケンの事だ。あれが大人気になり、会社に対して大変な好影響を与えている現在。飯田部長が会議であれを持ってきたトンボ君を公然と否定した事が、ちょっとしたしこりとなって残ってしまっていたのだ。

ぶっちゃけトンボ君は組織人として良くない事をしたわけだから、普通に考えればあの諫言《かんげん》は当然の事。何も気にする必要はない、とも思う……だけど、組織人としての良し悪しだけで社長《トップ》という役割が語れるわけがなく、時には博打に出て結果を出す事が必要なのだという事も、冒険者組の我々はよーくわかっていたのだ。

だからこそ、社内から「ドッケンのカードを社員も買えるようにできないか？」という声が出始めた時、俺を含めた全体会議の参加者はちょっと困ってしまったのだ。阿武隈さんにタクシーで連れていかれたちょっと高めの飲み屋で、俺は彼女からその事について相談を受けていた。

「それでさぁ、雁木君からトンボ君になんとか言ってくれない？」

「それでもいいんだけどさぁ、もし腹に据えかねてたらヤバいと思うよ？」

「やっぱ怒ってるかなぁ？　トンボ君」

「……いや、トンボ君は絶対に怒ってない」

俺はそう断言した。トンボ君というのは、そもそもが素で迂闊《うかつ》な男なのだ。川島総合通商の成り立ちからしてそうだが……多分、というか間違いなく彼は思いつきで動く人間だし、言っちゃあ悪いが人から怒られ慣れているはずだ。だから、多分トンボ君の中では自分が悪い事として、すでに処理できていると思う。

「怒ってる可能性があるのは、副社長だね」

「え？　……あーっ、その可能性あるなぁ……」

そう、この話の場合で怖いのは、トンボ君のバックにいる副社長なのだ。外から見れば彼女も飯田部長と同じく、トンボ君を諫《いさ》める役割の人間なのだが……副社長と飯田部長では彼との距離が違う。副社長がトンボ君にきつい意見を言った飯田部長に対して、隔意を抱いていないとは言い切れないのだ。

「ぶっちゃけ、俺が行っても多分問題はないんだけど……ほら、俺って会議の時にトンボ君側だったじゃん。やっぱ虫のいい話を持ってくって事になれば、副社長からすれば飯田部長か阿武隈部長から言いに来て欲しいってもんじゃないの？」

「あー、まー、そっかぁ……じゃあ、あたしが行くかぁ……」

「飯田さんは？」

「飯田もねぇ……あれで結構気にしてるから、これ以上変につつくと責任とか言い出しかねないんだよねぇ……飯田の役割って、今後も絶対に必要だし」

「まぁ、同じパーティだったんだから、そういうのもわかるか」

「しょうがないか。あたし、明日にでも行ってくるわ……」

「俺もドッケン買いたいし……応援してるから」

とはいえ心配は杞憂《きゆう》だったようで、話はスムーズに進んだらしく、すぐに川島アプリにドッケンは追加された。俺を含めた社内の人間たちは、もちろんありがたくポイントを注ぎ込んだのだが……後で聞いた話によると冒険者にもファンは多く、結構多くの人が便利グッズそっちのけでポイントを使っていたらしい。

また、桑島さん曰《いわ》く意外とオタクが多い自衛隊。そちらでもドッケンのアプリへの追加以降、休日にダンジョンに潜るようになった隊員が大層増えたそうだった。


そんなドッケンの第一弾のテーマは宇宙。となると、もちろん川島の宇宙船のカードも出る。俺たちが作っている資源採掘用宇宙船カワシマ・ワンのカードは、そこそこの性能を誇る事もあって……ゲーム内でも、そしてそれを原作に連載されている漫画でも、結構な人気を誇っていた。

そのため、朝の子供番組にカワシマ・ワンの事が取り上げられる事になり。その時、事情に詳しく見た目もそこそこという事で、なぜか俺が広報担当として番組に出されるハメになったのだった。

そして放送当日、川島アステロイドにやってきたテレビクルーたちの前で……俺はカワシマ・ワンの模型を持って、歯を見せて笑っていた。

『本日は川島アステロイドの雁木《がんぎ》さんにお話を頂くよーっ！』

「どうもっ、雁木です」

『さっそくですけど、質問に応えてもらってもいいかな？』

「なんでも聞いてくださいっ」

『愛知のミヨっちからの質問！　カワシマ・ワンはどこが凄いの？』

「カワシマ・ワンは他の宇宙船とは違う、重力制御という方式で飛ぶ船です。これは全く新しい飛び方で、発射時に燃焼剤を燃やさないため、地球にもやさしいんですよっ」

俺はそう言いながら、カメラに向かって人差し指を立てる。もっと他にも話すべき事はあるだろうという感じもあるが、子供向け番組だしわかりやすくて大人ウケがいい説明の方が無難だろう。

『重力制御ってなんか凄そうっ！　次は博多のウイっちからの質問！　カワシマ・ワンは何人乗り？』

「カワシマ・ワンは最大四人乗りですが、今のところ人が乗る予定はありませんっ」

『もったいないなぁ！　席が空いてるならミーを乗せてよっ！　次は埼玉のコージからの質問！カワシマ・ワンは何をするための船？』

「クリスマスに飛ぶのは月に行くためだけど、その次は火星の向こうに行って、小惑星をキャッチして帰ってくる計画だよっ」

『すごーい！　みんなは小惑星って知ってるかな？』

とまぁ、こういう番組があったわけだ。俺としてはできる限り無難にこなしたつもりだったが……どうもこれでテレビ局の人に、そこそこ気に入られてしまったらしい。俺はクリスマスのカワシマ・ワン発射まで、何かカワシマ・ワンが扱われる番組があるたびに呼び出され、散々な目に遭ったのだった。

桑島さんには「うちの娘がお前の事かっこいいとか言ってる！」と、理不尽な理由で肩をパンチされ……鈴木さんには「なんか板についてたし、広報課の課長にでもしてもらったら？」と言われてしまった。

そんな、一部での評判があったからなのかはわからないが。俺はクリスマスのカワシマ・ワン打ち上げ当日も、動画サイトである『Tube Streamer』の配信動画の実況担当に据えられてしまったのだった。

「じゃあ、行ってきますね！　配信見て応援しててよ！」

阿武隈《あぶくま》部長のそんな言葉の後に起こった万歳三唱に見送られ、俺の運転する車は打ち上げ場所へと移動し始めた。

「さーて、どうなるかしらねぇ」

「どうもこうも、普通に飛んで普通に終わりだと思うけどね。だって宇宙人が持ってきた設計図をそのまま作ってるんだから、玉作ったら転がるのと同じだよ」

「あたしもそんな気楽な事言ってられる立場がよかったなぁ……」

「明日は配信の実況あるけど、変わろうか？」

「いや、いい」

阿武隈部長はそう言って、下に隈《くま》のある目を閉じた。繊細だからなぁ、寝れてないんだろう。俺はできるだけ丁寧に車を走らせ、千葉県は姉ヶ崎のロケット発射場を目指した。

昔は赤道に近い種子島《たねがしま》に発射場があったらしいが、迷暦になってからはそういう場所の維持は難しくなった。なので東京湾に面していて安全圏にある千葉の姉ヶ崎に作り直したらしいが、結局宇宙開発そのものが下火でほとんど使われてはいないらしい。

そんな発射場に、カワシマ・ワンはすでに運び込まれていた。別に立てる必要もないんだが、どちらでもいけるならぜひ立てて欲しいというマスメディアの要望により、カワシマ・ワンは普通のロケットのように直立で設置されていた。

どうやらその設置作業の時にすでにカワシマ・ワンは少し飛んだらしく、準備シーンを撮影に来てその姿を見ていたマスコミは、慌ててその映像を特報として流したらしい。机上の空論と思われていた、重力制御の実際の飛行シーンは大変な評判を呼び、拡散され続けて世界中を駆け回った。

そして川島アステロイドのみんなが押しつぶされそうなプレッシャーに苛《さいな》まれ、パーティどころか飯もろくに食わなかったクリスマス・イブの翌日。今日はクリスマス。そしてカワシマ・ワンの初ミッションの日だ。

まだまだ真っ暗な打ち上げ場に集まった我々は、カワシマ・ワンを背負った阿武隈部長による朝礼を受け、予定の最終確認を行っていた。

「うわぁ、なんか凄《すご》い事になってるよ！」

そんな中、同僚がそう言いながら『Tube Streamer』の動画を見せてくれた。そしてそのカワシマ・ワンがふわふわと浮遊する映像は、すでに一億再生を超えていたのだ。となると、今日の実況配信も凄い事になるんじゃないか？

俺のそんな予感は完全に当たっていたようで……午前六時開始予定の配信の待機者は、五時半の現在すでに十万人を超えていた。なんだか活発に情報がやり取りされているらしいチャット欄は日本語の方が少ないぐらいで、海外からの注目度の高さをひしひしと感じさせるものだった。

「部長、なんか事前申請してないマスコミがいっぱい来てるらしいですけど」

「え？　なんで？」

「話題になってるからじゃないですか？」

地面に影も落ちない天文薄明の中、いつもより隈の濃い気がする阿武隈部長は、予想外の事態にもテキパキと指示を出していく。

「警備に言って追い返してもらって。事前にチェックできてる人間以外は絶対に入れられない」

「わかりました」

「桑島さん、打ち上げ現場の方の指揮は任せていい？　無理やり入ってくるような奴《やつ》がいるかもしれない、そういう人にはしっかりと対応をして」

「わかりました」

そう言われて、桑島さんたち元自組はすぐに動き出した。元々こういう時のために派遣されているという事もあるのだろう、相当張り切っているようで頼もしい限りだ。

「んで、雁木君」

「はいっ」

阿武隈部長は海風がびゅうびゅうと吹く中、俺の耳に口を近づけて小声でこう言った。

「社長たちがバックアップに出てくれてるからこそ、地上からの打ち上げは絶対に失敗できない。私は指令棟から動けなくなるから、配信は雁木君に全部任せるね」

「了解」

部長は俺の背中をポンポンと叩《たた》いてから、カワシマ・ワンへ指示を出す指令棟の方へと歩いていった。

カワシマ・ワンの遠隔操作にはどんな不安要素も持ち込みたくはない。そのため、俺も今回指令棟の中から配信するというわけにはいかず……この発射場の隅に機材を置き、カワシマワンをカメラで映しながら実況をする役割を負っている。

ちなみにこの配信というのは社長のトンボ君肝いりの企画で、宇宙へ先に行っている彼が打ち上げの様子を見たいから、という理由で立ち上げられたものだ。そんな男の子の夢を託された俺は、アシスタントについてくれた同僚と一緒に機材をまとめ、関係各所に連絡を入れて、いつも飲んでいる缶コーヒーを飲み……万全の体制で六時を迎えた。

「おはようございます、そしてメリークリスマス！　こちらは姉ヶ崎宇宙センターです。本日は幸いにも晴天に恵まれ、非常に良い打ち上げ日和となりました。本日この配信の案内役を務めさせて頂きます、川島総合通商の雁木です」

配信開始と共にそんな挨拶《あいさつ》をすると、アシスタントが見えやすい場所に流れるように設定してくれた配信へのコメントが、とんでもない速さで流れていく。途中でいくつかコメントに返答をするような事を考えていたが、さすがにこれは無理そうだな。

「では、まずカワシマ・ワンの本日のミッションについてご説明させて頂きます」

俺は十五分ほど時間を使い、今日のミッションのスケジュールから概要、そしてカワシマ・ワンの技術的な特徴の解説などを行った。そして俺が指でＯＫの輪っかを作りながら同僚の方を見ると、彼は頷《うなず》いてPCを操作した。

「打ち上げは七時ちょうどからとなりますが、今日はゲストの方をお呼びしておりますので……まずはご紹介致します。宇宙系Vtuberの宇宙尊子《そらたかこ》さんです」

俺のその言葉と共に、配信画面に映るカワシマ・ワンの隣へ、土星のような帽子を被《かぶ》った女の子のアニメーションが映し出された。

『こ、こんそら～っ……宇宙《そら》と地球を繋《つな》ぐ、宇宙尊子《そらたかこ》ぺぽっ！』

ぶっちゃけ昨日までの俺たちは、宇宙船打ち上げなんてほとんどの人はテレビのニュースでちょっと見るだけで、配信なんてマニアしか見ない……なーんて事を考えていた。だから、ちょっとでも配信が華々しくなるようにと、以前にうちに取材してきてくれていた宇宙系配信者の女性をゲストに呼んでいたのだ。

だが相手もまさか、こんなに視聴者が多いところに呼ばれるとは思っていなかっただろう。配信の接続者数のカウンターはすでに百五十万人を超えていた。

「宇宙《そら》さんのチャンネルには以前お邪魔させて頂いた事がありまして、非常に宇宙開発にお詳しい方なんですよ」

『そ、そうぺぽーっ……尊子《たかこ》は宇宙からやってきた漂流者で……は、早く地球の宇宙船でおうちに帰りたいから、宇宙開発を応援してるぺぽっ』

そんな話をしていると、同僚がタブレット端末をこちらに向けてきた。見ると、SNSのトレンド一位が『カワシマ・ワン』になっているらしい。つまり、今ネットの一部で一番ホットな話題という事だ。ちなみに二番目は『ぺぽ』だ。

「おおっと、今カワシマ・ワンがツギッターのトレンド一位を取ってるみたいですね。ちなみにぺぽは二位です」

『うれしいぺぽーっ！　でもカワシマ・ワンに乗って帰れとか言わないでほしいぺぽーっ！　乗れるなら尊子《たかこ》も乗りたいぺぽよーっ！』

「僕も乗りたかったんですけどねぇ」

配信を見てくれている人のコメントは読めなかったが、相方がいる事により配信の回しはめちゃくちゃ楽になり……宇宙機と宇宙船の違い、カワシマ・ワンの最終目標である小惑星帯の話などをして楽しく過ごしていたら、あっという間に時間は七時前になっていた。

「あっ、いよいよあと一分です！」

『いよいよぺぽねぇ！』

指令棟からは何も連絡はない。つまり、問題はないという事だ。

配信画面にでっかく一分前からのカウントダウンが表示され、だんだん数字が減っていく。現在の配信の同時接続者数は四百万を超えている。コメントは多すぎてバグってしまったのか、少し前の時間でぴたりと止まってしまっていた。

ごくりと、自分が唾《つば》を呑《の》む音が大きく聞こえた。そして、最後のテン・カウントが始まる。カワシマ・ワンのジェネレーターの唸《うな》り声だけが発射場に響き、冬だと言うのに手の平が汗で濡《ぬ》れた。

十……九……八……七……六……五……四……三……二……一。

爆音も失速もなく、俺たちの宇宙船は浮かび上がり……そのままスルスルと、雲の中へと消えていく。

「……けっ、いけっ、いけーっ！　そのまま行ってくれ！」

俺はその瞬間、仕事の事も、配信の事も忘れて……空に向けて拳《こぶし》を振り上げ、カワシマ・ワンにそう叫んだ。

配信の画面はカワシマ・ワンに取り付けられたカメラに切り替わり、どんどん地表が遠くなっていく。そしてやがて船体が横向きになり、宇宙と地球の境目が映ると……打ち上げ場の各所から歓声が上がった。

「やったーっ！」

『やったぺぽーっ！』

俺は同僚とハイタッチをして、遠くから手を振ってきた桑島さんに手を振り返した。

「打ち上げ成功！　打ち上げ成功です！　カワシマ・ワン！　ですがこれで終わりではありません、このままカワシマ・ワンは月へと向かいます。そして試料《サンプル》を採集し、再び地球へと戻ってきます！」

『凄いぺぽーっ！　かっこいいぺぽーっ！』

日の出と共に宇宙《そら》へと飛んだカワシマ・ワンのニュースはとんでもない視聴率を叩き出し、配信の視聴者数も最終的に六百万人を突破した。余談ではあるが、打ち上げまでの相手を務めてくれた宇宙尊子《そらたかこ》さんの『Tube Streamer』のチャンネル登録者数は、この一日で五千人から四十万人にまで跳ね上がったそうだ。

そしてカワシマ・ワンが無事月に行って帰ってきた事により……人類はまた。宇宙というフロンティアに目を向け始めた。うちの会社にも、国や企業への技術協力や、カワシマ・ワンを使っての宇宙ステーション建設など、様々な依頼が持ち込まれ、そのほとんどが副社長によって弾《はじ》かれた。

とはいえ副社長も宇宙ステーション計画などは、アステロイドを収集し終えた後のカワシマ・ワンの使い道としては検討してはいるそうだ。

やはり、俺は運がいい。改めてそう思う。めちゃくちゃな人生だったけれど……こんな熱い時代に、一番最高の場所に立ち会う事ができた。

擦り切れた図鑑を抱えて毎晩星の海を夢見ていた頃の小さな俺が、今の俺を見たら一体どう思うだろう？　「やったな」と、そう言ってくれるだろうか？　それとも「まだまだだ」と鼻で笑うだろうか？

今や宇宙を志す子どもたちの一番の目標となった、川島総合通商アステロイド事業部。その広報課の窓枠に手をついて、俺はカワシマ・ワンの柄が入った缶コーヒーを飲みながら……一番星が見え始めた空を見上げて、そんな事を考えていたのだった。

# 付録【資料集】

［地球用語］

▽迷暦

世界が地球一つではないという強烈なパラダイムシフトによって、暦《こよみ》はグレゴリオ暦から迷暦へと切り替わった。移行については未《いま》だに揉《も》めていて、使っていない国もある。

▽ダンジョン

二十数年前に突然見つかった、異世界と繋がっている謎の穴。

最初は魔物が出てくるそこを埋めたり、塞《ふさ》いだり爆破したりと色々やっていたが、ほどなく世界中にポコポコできまくって管理不能に。中から異世界人や魔物がやってきた事もあり、現在でも各国は絶賛混乱中。

日本その他の、比較的被害の少ない穏健派諸国は異世界人たちを受け入れ、なんとかダンジョンから富を生み出そうと躍起になっている。もちろん全ての異世界人を拒絶している国もある。

▽冒険者

迷暦以前と違い、ダンジョンに挑む者、又は魔物と戦う者を指す言葉となった。
日本に初めてダンジョンが発生した時、バットや包丁などの装備で挑んで帰らぬ身となった者も多いが、生還して物資を持ち帰った者、そのまま異世界に突き抜けて異世界人を嫁として連れ帰った者、魔物から老人ホームを守るために手製のロボット戦車で戦った者等もいた。
日本中大混乱の中、凶器を準備して勝手に魔物と戦っていた彼らの中には、警察に逮捕された者もいたが、状況が明らかになった時点で全員釈放されている。今やその混迷期の英雄がそのまま政治家になったり、映画スターになったり、玉の輿《たまのこし》に乗ったり、異世界で貴族となったりしているため、冒険者は人生一発逆転チャンスの非常に夢のある職業だ。（大本営発表）
実際のところは迷宮ショックから二十年以上経《た》って危機感も薄れ、もはや都会では3K仕事としてバカにされがち。なお一部地方では、槍《やり》の一つも振れなければ学校にも行けない地域もあり、冒険者たちは未だ現役のヒーローである。

▽異世界
現在地球の国家が国交を結べている異世界は数えるほど、その中で定期的な貿易ができているのは三箇所程度。

ダンジョンが険しすぎて通商団も命がけの上、ダンジョンを安定して行き来できる高位冒険者にいちいち金払ってたら大赤字のダブルパンチで貿易やる人がいない。国策として高位冒険者を無理やり公務員にして交易させようとした国があるが、高位冒険者はどこでも生きていけるので、異世界や他の国に亡命されてなかなか上手くいっていない。

▽異世界人

ダンジョンを渡ってこれる異世界の高位冒険者たちなわけだが、地球の娯楽や食事にハマったり、柵《しがらみ》のなさに惹《ひ》かれたりして地球に居着く人もいる。居着いた地球で地球人と交ざって冒険してたり、商売したり、サラリーマンになったり、色んな人がいる。

地球人との間に子供は残せたり残せなかったり、そこはまだまだ研究が続いている分野である。成長の早い獣人系だともう第三世代が生まれてたりする。地球で一番有名なのは薬剤師のエルフで、日本で一番有名なのはオーク族二世の相撲取り。

▽スキル（地球）

ダンジョン出現と共に人間が使えるようになった超常の力。ライターの代わりぐらいの火しか出せなかったり、ちょっと体の皮膚が固くなる程度の力しか持たない者が大多数。しかし、ダンジョンが出現したての混迷期にスキル持ちたちが大活躍したおかげで、地方では対魔物対策の切り札として見られ、一種の特権階級となっている。

地方においてのスキル持ちは積極的な慰留対象となるだけではなく、異性をあてがって血を取り込もうとしたり、スキル持ち同士で血を残させようとしたり、一種の人権無視の行為が普通に行われている。人が多く、スキル持ちに頼らなくても大丈夫な都会と違い、地方は常に人手不足なのだ。

なお、実際にスキル持ちカップルからスキル持ちの子供が生まれてしまった例も存在して、スキル遺伝説は今だに広く信じられている。

▽スキルオーブ
ダンジョンの壁や床に析出するビー玉ぐらいの宝玉。色や形である程度スキルの種類が判別でき、飲み込むとそのスキルを得る。今のところマーズが懸念したように、おかしくなったり死んだりした人はいないが、飲んでもスキルを得ない人もいるらしい。

▽ダンジョン管理組合《ギルド》
全国展開の組織ではなく、基本的には各都道府県や自治体別に運営されている。下手に組織を纏《まと》めて、都会基準で方針を決められると地方は壊滅してしまうからだ。

まだまだマシな日本ですら冒険者の争奪戦は激化の一途を辿《たど》っており、地方の管理組合では冒険者になるとその日から衣食住がタダになったりする。

▽賞金稼《ハンター》ぎ
冒険者の中でも、特に賞金のかかった魔物を狙う者たち。それを狙う理由は様々で、金、名誉、献身、そしてスリルなどが挙げられる。ある意味一番冒険者っぽい人たちだ。

▽激安の御殿キテコーテ
関西資本のディスカウントストア。深夜まで営業しているため、夜型の若者からの支持が厚い。東京のとある店舗には、白いジャージのめちゃくちゃ可愛《かわい》い女の子が頻繁に訪れるらしい。

▽特機

正式名称は特殊機動戦車。ダンジョンから溢《あふ》れた魔物に立ち向かうため、大火力を投射するために作られた人型機械。

自衛隊は最初パワードスーツのようなコンパクトな兵器を目指したが、発動機の小型化ができず結果的に全高八メートル程度のサイズになってしまう。しかし怪我の功名か、特機は自衛隊への志願者が激増する要因にもなった。

▽ヤマタノオロチ

巻き戻し前の地球で関東を壊滅させた巨大蛇。トンボはサードアイで五本の首を殺したが、実はあともう三本首が残っていた。日本では埼玉六号と呼ばれる。

▽変獣人《ライカンスロープ》

特定の条件で姿を変える獣人種。日本には月の半分を猫型獣人として過ごす犬型獣人の芸人、チエンジ芝山というタレントがいるため割と知られている。

▽ドリフト・ケイン

宇宙技術で作られたカードゲーム。普通のカードと同じ薄さで作られた、ホログラフィが浮かび上がるカードが特徴。というか新規性はそれだけで、別にゲームとして特別面白いわけではない。

ただ、一枚一枚絶妙に違うホログラフィは投機性を煽《あお》り、特別に美人なカードなどはとんでもない値段で取り扱われる事になる。

カード自体が手では破れない程度には丈夫で、懐に入れていたデッキのおかげで一角獣の角の一突きから逃れた冒険者がいるという、嘘のような話も出る事になる。略称はドッケン。

▽ダブルネック
すでに何種類かのカードゲームを販売する、実績のあるおもちゃ会社。大会等の運営も巧みで、ドッケンのおかげで会社としてますます飛躍する。

子どものための会社という社是を掲げており、転売屋が蔓延《はびこ》る現状を真剣に憂いており……姫による転売屋ガードを自社の通販サイトにも導入できないか、川島に打診している。

［マーズたちの銀河の用語］

▽リンド
マーズたちの銀河で使われているお金の一つ。別に銀河の共通通貨というわけではなく、あくまで地球のドル的存在。場所によっては普通に使えない。

▽ポプテ

宇宙の猫、ポプテ族。

基本的に個人の名前を持たず、嗅覚《きゅうかく》と毛皮で人を見分ける。死んだポプテは同じ毛皮のポプテに生まれ変わるという信仰を持つが、これはポプテ族だけの特色ではなく、個人の名前を持たない毛皮系の種族にはよく見られる宗教観である。

地球ではケット・シーとして大人気な彼らだが、宇宙ではそうでもない。金にがめついポプテが銀河中を荒らし回った時期があったのも原因だが……多分宇宙にはもっと可愛い動物系の種族がわんさかいるのだろう。

▽ウェドソン人
地球人と同じ見た目の種族、猿型人種の事。環境適応力と繁殖力が高く、銀河でもそこそこ多数派。

▽魂魄《こんぱく》
魂魄とは人の魂の事、宇宙的に言えばその人のアイデンティティを司る不可視の物体の事である。魂魄は流転し、肉に宿る。マーズたちがいた銀河の科学ではそう認識されている。

基本的に前世の功罪は次の人生には持ち越せないが、そんな事知るか俺が生きてる限り恩は返すぜって人も、何回殺しても恨みは晴れねえ！　っていう人ももちろんいる。前世の特定を法律で禁じている星系もある。

▽異能（銀河）
魂魄に紐《ひも》付《づ》く力、と銀河では言われている。ぶっちゃけ星の海を航海する段階まで技術が進むと、九割のスキルは他の技術で代替可能。だからといって他の人にはできない事には違いないので、スキル持ちはたとえそれがどんな小さな力でも割と選民思想こじらせがち。

基本的に普通の人からも白い目で見られがち。そんなスキル持ちの中でも上澄み中の上澄みの残り一割、他の技術で代替不可能な異能者と呼ばれる高位異能者《ジャグラー》たちはそれはもう驕《おご》り高ぶりがち。そのため、その隙を商売人につけこまれるのだ。ジャグラーは曲芸師、奇術師、詐欺師の意。魔術師のタロットの別名でもある。

▽ヤパブリンカ
汎用《はんよう》麻薬。「どの種族でも楽しめる」というのが売り文句のソフトドラッグだったが……別の麻薬と同時に摂取することにより、樹木系の種族を感染性のある凶暴なゾンビに変化させる効果が見つかった。

超巨大な資源採掘船がウェドソン人のエンジニア一人を除いて全滅するという大事件が起き、所持しているだけで死刑が決まるレベルの麻薬となった。

▽銀河通商機構
一つの惑星系を丸ごと使った、何でも揃《そろ》う超巨大なマーケットを管理運営する組織。様々な特許や利権、実働部隊を握っており、勢力間の調停も担う。マーズの所属していたマージーハ輸送連隊

もここの紐付きだった。

▽冷凍処置

生体を超急速冷凍して保管しておく技術。人に使うのはゴリゴリの違法。とはいえめちゃくちゃに枯れた技術で、滅多なことでは死亡しないどころか身体への障害もほぼ出ない。解凍は自然解凍で行えるのも経済的。

▽パラス　分子置換波射出装置

缶詰に偽装された銃。光線を当てた物を何でも無に帰してしまう銃と考えると強く見えるが、所《しょ》詮《せん》は個人の携帯武器。大質量には勝てないし、宇宙にはこれを無効にする装備も山ほどある。

実はティタにより送り込まれた武器である。

▽銀河総合商社《ギャラクシーマート》

銀河通商機構の一部で、各星系に支店を出して莫大《ばくだい》な利益を上げている。ここの支店がある星系は都会として扱われ、他の星系から羨《うらや》まれるという。

▽空間転写装置

ホロヴィジョンを発生させる装置。地球で言うところのＨＤＭＩやＤＰ端子のついたプロジェクターのようなもの。

▽銀河ネットヤカタ
銀河の大半で配送料を無料にしてくれちゃう凄《すご》い企業。その分割り高だったり型落ちだったりするが、銀河の田舎者は割とみんなここのユーザーだったりする。

▽安定化《マスターチャンク》マオハ
トンボに宇宙の金塊と呼ばれる、変換効率のいい安定した物体。世が乱れれば乱れるほどこいつの相場が高くなる。黄金は食えないが、安定化マオハは食える。（変換すれば）

▽銀河警察《ギャラクシーポリス》
古い古い組織で、一時期は世界最強として恐れられた時期もあったぐらいなのだが、今は見る影もない。ちょっとした事なら動いてくれるが、宇宙海賊に追われている時に救助を要請したりしても「民事不介入」とか言って来てくれなかったりするので嫌われている。

彼らにも言い分はあるが、ここが機能不全を起こしているせいで自力救済に走った勢力が千年戦争を長引かせた経緯もあり、一部地域では海賊よりも嫌われている。

▽金　頭　龍《ゴールデンヘッドドラゴン》商会
高レベルの異能者《ジャグラー》を多数抱えた、そこそこ老舗の商会。一度交わした契約は遂行率未《いま》だ１００％、信用度は銀河トップクラス。誰に何でも売ると言って憚《はばか》らず、立入禁止の星系も多い。

創業者が高次元体と契約を交わした証文が銀河最大の大学の奥深くに保存されているらしい。この創業者は他にも色々な商売を興しており、第二世代戦闘機で４０００機の敵機を落とした記録を持ち、頭を撫《な》でるだけ、微笑《ほほえ》むだけで異性を惚《ほ》れさせ、１６０人の妻を持ち、一時は一つの星系を丸ごと有する王でもあった。

創業者の没後、最も期待されていなかった創業者の末っ子が継いだ金頭龍商会以外の商売は全て失敗、所有していた星系は他勢力に併合され、一族のほとんどは皆殺しの憂き目に遭った。銀河にはこういう商会がいくつかある。

▽レドルギルド
海賊行為も行う武装勢力。そこそこ力があり勢力も大きいが、あくまでそこそこレベル。

▽ヴァラク財閥
戦闘機から惑星級空母までを開発、製造、販売する銀河の大物。このクラスの財閥となれば自前の暴力装置の一つや二つは普通に持ってる。娘に舐《な》めた事をしてくれたレドルと戦争中。

▽マージーハ輸送連隊
バリバリに武装した輸送船で宇宙を駆け回る屈強な運び屋。普通の海賊はマージーハの船には近づかないが、逆に落とせば実入りは大きいので積極的に狙う者もいる。業界シェア第三位なのが自慢。

▽強化外骨格《レイバースーツ》
個人向けのパワードスーツ。フレーム内部の流体が発電するため、発動機が不要で非常にコンパクト。自衛隊のニーズに非常に合致していたため、調達の候補に入るがなかなか進まず。自衛隊が調達するまでは、冒険者用のハイエンド装備として流通していた。

▽サードアイ
全高八メートル程度の戦闘ロボ。マーズたちの銀河ではいっそ骨董品《こっとう》ぐらいの古さの機械だが、地球ぐらいの文化圏では無類の強さを誇る。単独行動を前提としたステルス機能や接近戦装備も一応あるが、本来の使い道は母艦の支援を受けながらの直掩機。

▽サイコドラゴン
マーズたちの銀河で生産された、海賊仕様の純海賊船。パテントを踏み倒し、銀河法違反の技術を使いまくり、一撃離脱する戦法を念頭に作られたとんでもない船。見つかりにくく、撃たれて硬く、撃って強い。非常にシンプルで、実は単独生存にはそこそこ適した船だ。

トンボは「あんまりにもあんまりな名前」と言っていたが、当然名付けたのは巻き戻る前のトンボである。

▽修羅人の庭

マーズたちの銀河でもあまり詳細が知られていない、超危険地域。交易や交流すらほとんどなく、調査に行って帰ってきた船はほぼない。マーズたちの銀河は千年戦争を指して「でっかい戦争」と言っていたが……修羅人の庭はその歴史上戦争が起こっていない期間がほぼない、超危険地帯だからだ。

▽資源採掘船

枯れ切った技術で作られた、カーゴスペースがデカいだけの輸送用の宇宙船。川島総合通商で作られた機体はカワシマ・ワンと呼称される。

武装がなく、何の特徴もない重力操作で飛ぶ船であるが、地球にとってはとんでもないハイスペック機で夢のような宇宙船である。

［修羅人の庭の用語］

▽トルキイバの獣

修羅人の庭にはそこそこいる程度の攻撃的な自律兵器の一種。修羅人の庭ではこういった兵器や宇宙怪獣と出会う事はそこまで難しくはない。

▽修羅人

他者と戦って勝つ事により、魂魄を精錬していく事を選んだ者たち。荒行による精錬により、時間をかけずに非常に精強な存在となる事ができる。その存在をまた別の修羅人が屠《ほふ》る事により、銀河はグルグルと回っている。

▽修羅道

修羅人の庭の中にある異空間。通常の空間とは繋《つな》がっていないため、外から中を窺《うかが》い知《し》る事はできず、中に入れば勝って出るより他に方法はない。修羅人ばかりがいるわけではなく、異世界のようなもので文明があり、普通の人たちも生きている。

▽使徒

修羅人による陣取りゲームのコマのようなもの。浮いている魂魄に適当にスキルをつけて新しい身体を与え、下位世界に放り込んだりする。修羅人によって扱いは全く違い、使徒を我が子のように扱い導き愛でる者もいるにはいる。

▽ユーリカ級

全長百メートル程度の小型艦。艦砲射撃の火力が高く、艦隊を組むと容易に敵を寄せ付けない。川島ギルドが独自開発した船。

▽千葉級

全長十キロを超える、そこそこ大きい次元潜航艦。超強力なジェネレーター任せで移動から戦闘まで全てをねじ伏せてしまう。元になる傑作宇宙空母があり、そこに川島ギルドが独自設計を盛り込んだ船。

一番艦は千葉、二番艦は松戸、三番艦は成田《なりた》。全てトンボの子どもたちの乗艦になっている。

▽ヴァイパイフォプス

修羅人。エルフ。非常に強く好戦的で危険な性格で、周りに味方の修羅人が一人もいない。

▽キングクーシー

トンボとローディンがヴァイパイフォプスの陣営から盗んだ船。一番いい船のためトンボの乗艦として旗艦になっていたが、ローディンに譲られた。

▽川島ギルド

川島トンボが集め、養ってきた共同体。あくまでジャンクヤード頼りでデカくなったため、トンボがいなくなってからはローディンとトンボの子たちで運営できる大きさにまで縮んだ。

トンボという、移動式で距離を無視してどこにでも繋がる、超巨大な倉庫付き市場が突然なくなったのだから、それでもかなり頑張った方かもしれない。

［シエラの世界の用語］

▽増毛薬
錬金術師の作り出した薬。富裕層に高く売れる薬で、異世界では非常に価値の高いりんごと交換するのに適していた。普通は薄毛になり始めた頃に予防的に使う薬。

▽虫歯薬
錬金術師の作り出した薬。虫歯菌を殺す。非常に需要が高い薬で、錬金術師はこれを作る事ができて初めて一人前だと言われる。

▽補魔剤《マナポーション》
錬金術師の作り出した薬。単体ではまずい栄養ドリンク程度の効果しかなく、他の薬に混ぜる事によって効果を発揮する。腕の良し悪しによって効果が激変する。リーヤーのものは効果が薄い。

▽ウルティラ
修羅人

▽イージーハース
修羅人

［人物・川島家］

▽川島翔坊《トンボ》

地球人、男。物語開始時点で二十歳。普通すぎるぐらい普通のゲームや漫画好きの大学生。憧《あこが》れの東京で一人暮らしをしていたら、変な異能《スキル》に目覚めて宇宙の猫を拾ってしまった駆け出し異能者《ジャグラー》。将来普通にサラリーマンになるつもりだったので基本ふわふわ。地元を離れて進学してきてあんまり友達もおらず、彼女もできず、将来への展望も特にない中、普通に真面目に大学に通っていた。やる時は覚悟を決めて命を賭《か》けるが、それで女性から惚れられたりはしないぐらい普通の人。

マーズと共に日用品や食品をダンジョンの中で高値で売《う》り捌《さば》く調達屋を始め小銭を稼ぐ。ピザ屋の配達バイトをやっていたが、調達屋を法人化し川島総合通商を起こしたのでさすがに辞めた。

他人と品物を取引する市場《マーケット》スキルの亜種であるジャンクヤードスキルを持つ。観光バスぐらいの大きさなら何でも入り、今のところ容量の底が見えたことはない。

宇宙人からレベル四の異能者と言われたが、本人は特に自覚なし。というか単純に比較対象がなさすぎてよくわからないらしい。川島家が過去に飼っていた猫のマーズにクリソツの宇宙猫のマーズを宇宙に帰す事が目標。

実は魍魎《もうりよう》王と呼ばれていた大物の元修羅人で、地元・千葉を救うために力を全部注ぎ込んで太陽系ごと時間を巻き戻した。

▽マーズ

宇宙の猫、ポプテ族。銀河と地球では年の数え方が違うため年齢不明。

マージーハ輸送連隊所属の船乗りで、船では曹長の地位にあった。海賊に捕まって冷凍され、トンボのジャンクヤードへミカンの皮と交換されてきた。宇宙人でも普通の人はあんなに色々知らない。

　生まれはポプテの星の一つ、ポピニャニア。故郷に戻ることが目標。

▽ユーリ・ヴァラク・ユーリ

義体化ユーザーのウェドソン人。銀河と地球では年の数え方が違うため年齢不明。

元銀河級のアイドルで、人気絶頂の時に身内の裏切りで海賊に攫《さら》われた。全部剥《は》ぎ取《と》られ脳殻のまま放置され、トンボのジャンクヤードへドラゴンの死体と交換されてきた。

　軍事企業であるヴァラク財閥の長女で、前世はパロットという王家の夭折《ようせつ》した姫君。一人称も姫、あだ名も姫。演算特化の高級脳殻を装備していて、地球程度のネット環境では敵なし。寝ていてもドローン千台ぐらいなら飛ばせる。

　深刻なトラウマに悩まされており、トンボの手を握っていないと眠れない。トンボの実家で千恵理《チエリー》の部屋に泊まった時や、トンボが会社に泊まった時は結局一晩中起きていたらしい。

　買い物なんかに行くとよくナンパされるが、元々最強のモテ属性を持つ彼女は歯牙《しが》にもかけない。

実は義体でも遺伝子情報から卵子を合成すれば普通に子供を作れるが、彼女はこれまで未婚で子供もいない。

▽シエラ

異世界に送り込まれたアメリカ人、イーサン・ムーアによって作られたホムンクルス。動物と人間の二つの形態を自由に変化できる。暗殺用に作られたため、五感どころか第六感までもが鋭く、トンボの命を助ける。

相手をどこまでも付け狙うように設計されているため、寿命の定めがない。シエラがよく食うのはそういう設計なわけではなく、単なる個性。

▽川島隆志《かわしまたかし》

川島家の父。トンボの二十四歳年上。独特なセンスを持ち、川島家の子供たちをキラキラネームにしてしまった。大の猫党だが犬も好き、アニメや漫画も好きでゲームも好き。ちょいボロいが関東に一軒家を構える。

▽川島友子《ともこ》

川島家の母。トンボの二十二歳年上。あんまり細かいことは気にしない。家を出て東京の大学に行ってしまったトンボを気遣って、色々仕送りをしてくれる。

▽川島千恵理《チエリー》

トンボの妹。トンボの二歳年下。元々千恵理《チェリー》も東京の大学に行くつもりで、その時一緒に暮らす予定もあってのトンボの一人暮らしだったのだが……気が変わって地元の大学に就学してしまった。

［人物・冒険者］

▽吉田《よしだ》
プレートキャリアを付けた眼鏡《めがね》の冒険者。堅物で、責任感が強い。彼の妻は川島総合通商でアルバイトをしている。

▽雁木《がんぎ》
金の拵《こしら》えの日本刀を二本差ししたイケメン冒険者。二十代で、まだまだ現役バリバリ。『抜刀』スキル持ちで、スキルオーブで『料理』も手に入れた。いつもパーティメンバーが女ばかりのハーレム系ラノベ主人公。実は豪運。
川島総合通商が宇宙事業を起こしたのを聞きつけ入社。アステロイド事業部の広報の顔に定着し、後に課長職となり、宇宙ファンには知られた顔となる。

▽気無久作《きなしきゅうさく》
バラクラバをつけた四十代のおじさん冒険者。元水道屋さんで、会社の倒産を機に同僚を集めて

水道管と金属バットを持って冒険者になった。息子と娘がおり、息子と同世代のトンボを割と気にかけている。

大学生の娘が川島総合通商でアルバイトをしているが、そこで溜《た》まったポイントのほとんどは化粧品に使われてしまっている。後に娘は川島総合通商へと就職。

▽阿武隈《あぶくま》
目の下に濃い隈《くま》のある女性。女性冒険者パーティ『恵比寿針鼠《えびすはりねずみ》』の元メンバー。『高速思考』のスキルを持つ。

元々銀行員で、スキルが発現した後無理やり結婚させられそうになって東京に。その後は冒険者として活動し、パーティを解散してからはトンボに請われて川島総合通商の部長となった。

▽吉川久美子《よしかわくみこ》
眼鏡をかけた女性。女性冒険者パーティ『恵比寿針鼠』の元メンバー。『恵比寿針鼠』が解散する原因となったドラゴン襲撃事件で重傷を負った。

川島総合通商の課長となる。同社の社員と結婚し、現在妊娠中。

▽飯田《いいだ》
普通の美人。女性冒険者パーティ『恵比寿針鼠』の元リーダー。学生の頃はバレー部の主将、その後は一部上場のシステム会社に就職したが、激務に心をすり減らし自分で仕事のペースを決めら

れる冒険者に転身、そこそこの成功を収めていた。

阿武隈に誘われ川島総合通商の社員となり、めきめきと頭角を現し部長職に。トンボに恐れられている。

▽高井《たかい》
黒髪おさげの女性。女性冒険者パーティ『恵比寿針鼠』の元メンバー。今は川島総合通商の社員。

▽岡《おか》
禿頭《はげあたま》の冒険者。コンパウンドボウを背負う。ピザの焼き加減にうるさい。

［人物・その他］

▽ティタ・ヒッチ
金頭龍《ゴールデンヘッドドラゴン》商会の女。怪しすぎる言動で、トンボたちにヤマタノオロチの素材と引き換えにサイコドラゴンを譲り渡す。

正体は修羅人としてのトンボの信徒で、別の銀河へ送り込まれていた女。トンボに対する態度は、彼女にとっての神であるトンボへの試しではとローディンに言われていたが、それは半分当たりで半分外れ。常に中身が変わり続ける等価交換のジャンクヤードへ狙った商品を送り込む事は、どんな異能者《ジャグラー》を手元に置いていても非常に難しいのだ。

▽イーサン・ムーア

修羅人によってシエラの生まれ故郷である異世界の、ウールジラという国に転生させられたアメリカ人。地球へ帰ることを夢見ていたが、果たせず。実はヤマタノオロチがいた異世界に住んでいたので、帰還は絶対に不可能というほどではなかったが……彼がそれを知る事はなかった。

天才的な錬金術師で、シエラを含めたフォネティックコードの名を冠したホムンクルスのシリーズを作る。彼女たちはイーサンの命を狙っていた貴族を殺すために作られたのだが、エコーの時点で貴族が死んだため残りは死蔵。イーサンも別件で死亡し、管理は弟子たちに引き継がれた。

▽リーヤー

イーサンの弟子で、交易スキルを持つ錬金術師。ある日とんでもなく甘い赤い果実を手に入れ、それをもっと手に入れるために自らの制作物をどんどん交易に出す。なんとか地元でその果実の栽培がしたいという気持ちがあり、より多くの種を手に入れるために師匠の作品にまで手をつける。

▽川島桃子《ピーチ》

トンボの長女。修羅人としてのトンボを尊敬しており、言いつけを守って迎えに来た。トンボの母と叔母《おば》に非常に似ていて、父からは大切にされていた。

▽川島美張《ビーバー》
トンボの長子。修羅人になろうとしてなれず、父の後は継げなかった。現在は川島ギルドの領域を運営中。
▽ローディン
修羅人。トンボの相棒。トンボの末娘を嫁に貰《もら》っていて、義息でもある。現在の川島ギルドを支えている大黒柱であり、そこそこ強い。

# あとがき

お久しぶりです、作者の岸若《きしわか》まみずです。

この度は『わらしべ長者と猫と姫～宇宙と地球の交易スキルで成り上がり!?　社長！　英雄？……宇宙海賊!?～』の二巻を手にとって頂き、ありがとうございます。

前巻では宇宙人を仲間にして冴《さ》えない大学生から社長に成り上がったトンボくん、今巻はその会社で宇宙船を作るために奔走するという話。トンボくん本人が背負っていた謎もだいぶ解き明かされて、盛り上がってきたところではありますが……残念ながらこの小説はひとまずここで完結となります。

実は猫のマーズではなく姫ありきで始まったこの小説なのですが、マーズを書くのがことのほか楽しく、ほとんど彼とトンボの小説になってしまっていたような気がします。ＳＦというジャンルを書くのもこの小説が初めての事で色々と試行錯誤をしていましたが、それら全てが新鮮で楽しい体験でした。

この小説は小説投稿サイトにて連載をしていたもので、そこで様々な方から感想という形でお力添えを頂いておりました。ここはいいぞという部分には有り難くもお褒めの言葉を、つまらないという部分には率直なご意見を、そして矛盾した部分にはツッコミを。ですので、この小説を僕一人で書いた物だとは思いません、僕一人で書けたとも思えません。心から感謝致します。

この小説がこうして世に出るというのも、様々な方々のお力添えを頂いての事です。編集部の方々、担当編集のK様、そしてイラストを描いて頂いたＴＥＤＤＹ《テディ》様、感謝してもし切れません。そして読者の皆様方も、読んで頂き本当にありがとうございます。またの再会を願っておりま
す！

岸若まみず

お便りはこちらまで

〒102－8177
カドカワBOOKS編集部　気付
岸若まみず（様）宛
TEDDY（様）宛

カドカワBOOKS

わらしべ長者《ちょうじゃ》と猫《ねこ》と姫《ひめ》 2
～宇宙《うちゅう》と地球《ちきゅう》の交易《こうえき》スキルで成《な》り上《あ》がり⁉ 社長《しゃちょう》！ 英雄《えいゆう》？ ……宇宙海賊《うちゅうかいぞく》⁉～

2024年 9 月10日 初版発行

著者／岸若《きしわか》まみず
発行者／山下直久
発行／株式会社KADOKAWA
〒102-8177
東京都千代田区富士見2-13-3
電話／0570-002-301（ナビダイヤル）

編集／カドカワBOOKS編集部
印刷所／暁印刷
製本所／本間製本


Printed in Japan
ISBN 978-4-04-075612-7 C0093

# 新文芸宣言

かつて「知」と「美」は特権階級の所有物でした。

15世紀、グーテンベルクが発明した活版印刷技術は、特権階級から「知」と「美」を解放し、ルネサンスや宗教改革を導きました。市民革命や産業革命も、大衆に「知」と「美」が広まらなければ起こりえませんでした。人間は、本を読むことにより、自由と平等を獲得していったのです。

21世紀、インターネット技術により、第二の「知」と「美」の解放が起こりました。一部の選ばれた才能を持つ者だけが文章や絵、映像を発表できる時代は終わり、誰もがネット上で自己表現を出来る時代がやってきました。

UGC（ユーザージェネレイテッドコンテンツ）の波は、今世界を席巻しています。UGCから生まれた小説は、一般大衆からの批評を取り込みながら内容を充実させて行きます。受け手と送り手の情報の交換によって、UGCは量的な評価を獲得し、爆発的にその数を増やしているのです。

こうしたUGCから生まれた小説群を、私たちは「新文芸」と名付けました。

新文芸は、インターネットによる新しい「知」と「美」の形です。

2015年10月10日
井上伸一郎

摩訶不思議な
山暮らし――
ニワトリ(?)たちと
癒やしの
スローライフ
開幕!
カドコミ
ほかにて
コミカライズ
好評連載中!
漫画
濱田みふみ
シリーズ好評発売中!
前略、山暮らしを始めました。

最強の眷属たち――
その経験値を一人に集めたら、
史上最速で魔王が爆誕!?
第7回カクヨム
Web小説コンテスト
キャラクター文芸部門
特別賞